Direction littéraire : Annie Goulet
Révision linguistique : Raymond Bock
Illustration et design de la couverture : Mügluck

Catalogage avant publication de Bibliothèque et Archives nationales du Québec
et de Bibliothèque et Archives Canada
Bédard, Jean, 1949-
    Le chant de la terre innue
    ISBN 978-2-89649-518-4
    I. Titre.
PS8553.E295C42 2014   C843'.54   C2013-942571-3
PS9553.E295C42 2014

VLB ÉDITEUR
Groupe Ville-Marie Littérature inc.*
Une société de Québecor Média
1010, rue de La Gauchetière Est
Montréal (Québec) H2L 2N5
Tél.: 514 523-7993, poste 4201
Téléc.: 514 282-7530
Courriel: vml@groupevml.com
Vice-président à l'édition: Martin Balthazar

DISTRIBUTEUR:
Les Messageries ADP inc.*
2315, rue de la Province
Longueuil (Québec) J4G 1G4
Tél.: 450 640-1234
Téléc.: 450 674-6237
* filiale du Groupe Sogides inc.,
  filiale de Québecor Média inc.

VLB éditeur bénéficie du soutien de la Société de développement des entreprises
culturelles du Québec (SODEC) pour son programme d'édition.
Gouvernement du Québec – Programme de crédit d'impôt pour l'édition de livres –
Gestion SODEC.
Nous reconnaissons l'aide financière du gouvernement du Canada par l'entremise
du Fonds du livre du Canada pour nos activités d'édition.
Nous remercions le Conseil des arts du Canada de l'aide accordée à notre programme
de publication.

Dépôt légal : 1er trimestre 2014
© VLB éditeur, 2014
Tous droits réservés pour tous pays
www.editionsvlb.com

LE CHANT
DE LA TERRE INNUE

Du même auteur

Professeurs d'espérance, Montréal, Éditions Typo, 2012.

Marguerite Porète. L'inspiration de maître Eckhart, Montréal, VLB éditeur, 2012.

La femme aux trois déserts, Montréal, VLB éditeur, 2005.

Comenius ou L'art sacré de l'éducation, Paris, JC Lattès, 2003.

Nicolas de Cues, Montréal, Éditions de l'Hexagone, 2001.

La valse des immortels, Montréal, Éditions de l'Hexagone, 1999.

Maître Eckhart, Paris, Stock, 1998.

L'œil de Tchicohès, Rimouski, Éditeq, 1991.

L'âme déliée, Montréal, Stanké, 1989.

Jean Bédard

LE CHANT
DE LA TERRE INNUE

vlb éditeur
Une société de Québecor Média

À ces premiers peuples du Nord,
à qui nous devons un avenir possible.

Mes sœurs
les quatre vents
caressent une terre
de lichen et de mousse
de rivières et de lacs
là où les épinettes blanches
ont parlé à mon père.

Ils marchent
sans courbure,
attentifs
aux sons de la neige
sous la raquette
des bâtons
à message
les attendent
au milieu du lac gelé.

JOSÉPHINE BACON

LEXIQUE

AKUP : manteau.

ANAANA : maman.

ARVIK : baleine.

ASHTISHAT : mitaine.

ATAATA : papa.

ATSHEN : monstre anthropophage.

BARBE DE TSHAKAPESH : lichen qui forme une sorte de barbe verdâtre sur de vieux conifères.

EDECHEWE : celui qui voyage sans cesse autour du monde.

GRAISSE BLANCHE : sorte de fromage fait de farine d'os et de moelle qu'on laisse fermenter.

INUKSHUK : montage de pierres en forme d'homme.

IRNIQ : garçon.

KAKUNA : «Je t'aime beaucoup.»

KOMATIK : traîneau inuit tiré par des chiens.

KUDLIK : lampe creusée dans une pierre et dont la mèche est faite de mousse.

MASHK KATSHISH (abréviation de Katshishtemauaput) : ours brun.

MESSENAK, ou MISSINAK : tortue, ou maître des animaux aquatiques.

NITASSINAN : la terre innue.

OUMIAK : sorte de chaloupe en peau de phoque.

PANIK : fille.

PAPAKASSIK : maître des caribous.

PAVA : long couteau utilisé par les hommes pour couper la neige.

PISHOU, ou PISHU : lynx.

QARMAT : hutte faite de peaux, de pierres et de terre, et soutenue par des perches.

SHASHAUAN PELSHISH : hirondelle.

SHESHATSHIU : lieu de rassemblement au Labrador.

SHISHIP : canard.

SILATTUQ : devenir sage.

TAKUNAKAN : sac à dos avec une armature de bois dans lequel on porte un bébé.

TICIPITAKAN : plateforme carrée d'environ un mètre et demi de large que les Innus fabriquaient parfois pour le rituel d'initiation des garçons.

TSHAKAPESH : un des premiers ancêtres, qui favorise le lien entre l'être d'en bas et l'être d'en haut.

TSHIASHK : goéland.

TSHITUTETAU : « Allons-y ! »

UAPUSH : lièvre.

UHU : hibou.

UINIPEK : grand lac.

UITSH : tente, abri au sens large.

ULU : couteau en forme de demi-lune à manche d'ivoire qui sert à gratter autant qu'à couper.

UNAMAN-SHIPU : rivière de l'Ocre ; lieu de rassemblement à l'embouchure de la rivière appelée aujourd'hui la Romaine.

VERS LE NORD

Un

Écoutez, car je suis vieux.

Je suis perché sur une souche depuis vraiment très longtemps. L'arthrite.

Je vois les âges soulever et balancer les massifs de pierre qui s'étendent à perte de vue au nord de la toundra, la Terre sans arbres. Là, d'énormes bosses de granit déplacent un lichen jaune, mauve et turquoise qui s'use et renaît par cycles de soixante-dix ans. Tout ce liquide de pierre qui ondule si lentement, je peux aujourd'hui l'entendre : le grand-père montagne enfin couché sur sa vieille terre.

Je cligne de l'œil à chaque millénaire – un ancien réflexe de chasseur – et, au couchant, mon ombre recouvre le plateau déhanché (mettez cela sur le compte de la fatigue).

Au nord, les épaules penchées sur le rebord de l'horizon, des montagnes étirent leurs larges cous pour regarder dans les abîmes. Doucement, le vent et le temps les soulagent de leur propre poids : elles s'arrondissent comme des oies, puis relèvent la nuque et s'envolent dans la mer des étoiles. D'autres montagnes, plus près de moi, sortent toutes neuves de terre, empruntent le même chemin et se préparent pour leur grande migration à travers les eaux noires de la nuit.

J'ai aussi été témoin de la formation d'énormes glaciers, qui fondaient ensuite et rigolaient par mille rivières. Les torrents creusaient les roches et séparaient les bosses. Et maintenant, des lacs ouvrent leurs grands yeux fumants de brume.

Au sud, pas très loin, les épinettes de la taïga approchaient de la toundra et reculaient selon l'humeur des glaciers. Les arbres sortaient de neige, craquaient sous le soleil, vieillissaient, tombaient en poussière, disparaissaient. Puis ils surgissaient à nouveau, comme après la mue les poils d'un loup-marin.

Respiration uniforme de ma vieille grand-mère la terre.

La lenteur de cette respiration n'aide pas particulièrement les articulations. Il faut de temps à autre ouvrir les ailes, redresser les pattes et se lancer dans le vent.

* * *

Il y a très longtemps, je fus jeune.

Un matin, je surpris une maman ourse qui fouillait dans une vieille bûche à la recherche de miel pour elle et son bébé. Ce qu'elle ne savait pas, c'est que, la veille, mon oncle m'avait amené au même endroit pour ma première chasse en solo. J'avais treize hivers.

La différence entre la mère ourse et moi ? Une journée. Une seule journée. J'étais arrivé un jour avant elle, et mon oncle m'avait laissé à mon affaire.

J'avais suivi une abeille jusqu'à sa ruche et trouvé la vieille bûche. Je m'étais bien gardé de la toucher et d'y répandre mon odeur. Il y avait là tout un fouillis n'offrant qu'un seul accès au miel ; autour, un fourré épais. C'est devant ce passage que j'avais installé mon piège : un énorme billot prêt à tomber sur la tête de n'importe quel imprudent.

J'étais fier de ma journée d'avance sur l'ourse. Je la guettais. Comme prévu, dès qu'elle arriva elle fouilla la vieille bûche. Excitée par l'odeur du miel et torturée par les abeilles, elle ne sentit pas mon odeur. Encore une petite vibration et le billot allait s'abattre sur sa tête.

Elle s'avança le nez. *Bang !* Elle tomba assommée. Je m'élançai de ma branche, la hache déjà dans le ciel de ma bravoure.

Et puis, l'ourse se réveilla d'un coup, se mit droit debout et me regarda tendrement. Mon cœur fit le tour de mon cerveau. Terrifié, je l'achevai de trois coups de couteau.

Puis, je détournai de ma mémoire l'image de la maman ourse.

Toute cette nourriture et toute ma fierté gonflèrent au milieu de la fête. Je remplissais le village entier. Les lèvres dégoulinaient de jus et de graisse ; les yeux pointus des femmes et des jeunes filles brillaient. Les hommes me toisaient. Je prodiguais, je me rendais le village redevable, je l'inclinais vers moi. J'étais devenu un torse bombé.

Tout s'était passé selon mon plan et ma volonté. Ma ruse avait été parfaite. Mais, ce soir-là, j'avais mangé mon propre cœur dans celui de l'ourse. Avant de mourir, elle m'avait regardé un trop long moment. La lune maintenant coulait sur la montagne et noyait la mer. La mer venait baver sa mousse jaune sur la grève. Je mangeai du varech pour me faire vomir.

Je retournai chercher l'ourson.

Pishou (Lynx), du clan d'Unaman-Shipu, venait tout juste de naître. On le surnomma Ourson. Pour cause : il serait élevé en même temps que mon bébé ours. C'est plus tard qu'il gagnerait le nom de Pishou. Un curieux nom pour un ours comme lui.

Ce que je ne savais pas, moi, l'écervelé, c'est que la maman ourse avait bien plus qu'une journée d'avance sur moi. Elle avait préparé son coup depuis le début du monde, de sa caverne sous la neige. C'était un plan gros comme une lune et plus facile à voir que le soleil lui-même. Et pourtant, j'étais tombé dedans sans rien y voir. Elle s'était donnée à moi bien avant que les montagnes ne se mettent en route vers le nord. Et j'ai élevé son ourson dans l'espoir de me racheter. Elle m'a bien eu !

Son ourson partit un bon jour en me redonnant mon cœur. Mais ce n'était plus le même cœur. Il me fait aujourd'hui si mal de bonheur que j'en ai perdu la notion du temps.

Il faut rire, et rire encore, car il y a toujours quelqu'un qui s'est levé avant nous. Nous courons le miel. Oui ! nous courons tous le miel. Les fleurs, c'est beau ; les filles nous prennent dans leurs filets ; la faim nous transporte en plein hiver sur les lacs glacés pour que l'on y perce des trous de pêche ; la soif nous fait tomber à genoux dans les ruisseaux ; le vent du nord qui fait hurler nos chiens nous amène on ne sait où… Nous marchons sans cesse d'un piège à l'autre.

J'avais bien installé le billot dans le fourré. Le petit piège, il était de moi. Mais le reste, les arbres, les cimes, le tronc, les abeilles, le miel, le ciel, la lune, la terre, la mer, les ours, le malheur et le bonheur, l'immense piège préparé depuis des lunes, dites-moi : qui perçoit son odeur ?

* * *

Ma grand-mère m'appela finalement Uhu (Hibou), parce que, la nuit, mes rêves me soulevaient de terre et que, le matin, je disparaissais sur une branche.

De ma souche, je regarde, je regarde et mes yeux se perdent comme l'horizon dans le crépuscule.

Ce qu'il y a de bien avec les yeux, c'est qu'ils laissent tout intact. Ils ne déplacent rien et ne rapportent des choses qu'un mince dessin sur un rouleau de lumière. De cette manière, le tube digestif d'un œil peut absorber le monde sans causer à l'estomac le moindre ballonnement. La seule chose qui retarde la digestion des yeux, c'est la beauté des levers de soleil sur le torse blanc du Grand Nord. On dirait un œuf qui se brise sur une fourrure de renard blanc. Et les montagnes pourlèchent leurs flancs pour se nourrir de ses couleurs.

Tout digérer par le regard, et ne manger que des souris, c'est mon sort.

Un hibou est une paire d'yeux sur un vaisseau de plumes, quelque chose de détachable. Malgré ce fait, il y a des rhizomes et des fibrilles qui partent de mon cœur et se rattachent aux coureurs de miel, à tous les coureurs de miel. Un par un, ils sont tous devenus mes enfants, même le loup, même la mouette. C'est plus fort que moi : c'est comme des harpons qui se plantent dans la peau des vivants, et on ne sait plus de quel côté on est tiré. Si l'un d'eux raidit la corde, j'ai mal partout et je m'envole vers lui à tire-d'aile. Moi, le fou !

C'est cela, le Nitassinan : le cœur encordé à tous les vivants. Le territoire.

Du premier jusqu'au dernier, tous mes ancêtres planent ici, sur la Terre sans arbres où se dissout la taïga. Je vois leurs lèvres murmurer entre les bosses du massif alors que leurs yeux planent, invisibles, au-dessus des mers. Les grands-mères sifflent et les chasseurs marmonnent. Le clan des oiseaux se repose sur des souches et des troncs noircis, comme moi. Une corneille, un aigle, un vautour, une oie sauvage, un canard, une bernache, c'est une seule paire d'ailes…

Le sable roule sur le Nitassinan, il chante notre respect pour notre vieille grand-mère.

Deux

Le vieil homme que je suis prend plaisir à regarder la jeunesse s'ébattre. C'est vrai qu'en cousant des bouts de mémoire sur ma souche, j'oublie parfois de manger, mais le contraire est aussi vrai : lorsque je chassais avec mon fils dans les forêts de la taïga, je ne pensais qu'à me nourrir. J'évolue sur les deux côtés de la vie : oiseau, Innu.

L'enfant de mon fils est une fille. Au moment où se passe le récit, elle en était aux premiers soubresauts de son adolescence.

C'était l'automne. L'aube n'avait pas encore soulevé l'épais moutonnement de la nuit. Pourtant, ma petite-fille découvrit son visage et resserra sur ses épaules une peau d'ours. Assise sur deux épaisseurs de fourrure, elle n'avait pas froid. Elle chantait joyeusement, aussi joyeusement qu'un marécage au printemps, où les grenouilles gémissent de plaisir dans la stridulation des criquets.

J'aurais préféré une saison plus douce. Il n'était pas habituel de faire monter un enfant sur le ticipitakan à la veille de l'hiver, mais surtout, il n'était pas de coutume d'y faire monter une fille. Mais il n'y avait plus rien d'habituel depuis que ce qui restait de notre famille avait quitté notre lieu de rassemblement, sur la côte nord du fleuve aux Grandes Eaux.

Les arbres, les orignaux et les castors n'avaient pas suivi. Nous étions en terre ancestrale, et pourtant en terre inconnue. Heureusement, depuis quelques jours le soleil s'était empêtré dans ses premiers rayons et nous réchauffait tout le jour.

Le voyage serait aussi long qu'implacable. Nous n'étions plus que trois dans l'immensité. Le relief des montagnes était presque nu. De l'herbe résistait dans les creux, mais toutes les rondeurs étaient découvertes, et l'aube venait déposer ses écailles sur les lichens qui tachaient les pierres.

Sur d'immenses longueurs, des glaciers avaient raclé le rocher en tassant des murets de pierraille sur leurs flancs. Des lacets d'eau reliaient les bosses. Depuis les flaques et les lacs lisses et clairs remontaient des images du levant. Il y avait tant de lacs qu'aucun des arpenteurs du ciel, ni aigle, ni buse, ni faucon, ne pouvait cacher son image sur l'eau. Les rongeurs n'avaient pas besoin de regarder le ciel pour surveiller leurs prédateurs : ils tournaient simplement l'œil vers le miroir d'un lac. Les hiboux restaient maigres.

Il arrivait très rarement qu'une famille innue montait jusque-là pour voir, toucher et écouter grand-mère la terre. Elle allait nous parler par la bouche de l'Inuit, l'homme des glaces. On allait d'abord entendre hurler ses chiens, puis les cognements d'un gros traîneau dans les fissures. Une famille inuite allait passer par là, car nous étions près des routes de la grande migration des caribous. Quelques jours encore et nous allions croiser leurs sentiers : des lignes creusées dans la pierre et le lichen par leur passage annuel.

Mais pour l'heure, ma petite-fille terminait son enfance au sommet d'un ticipitakan juché sur trois arbres rabougris, de la hauteur d'un ours debout, parmi les derniers arbres de la taïga.

Ce n'était pas le meilleur temps, mais c'était le seul possible. L'enfant rit quelques années dans son nid, puis vient le moment où on le fait monter sur ce radeau de bois, et une forme animale descend pour le saisir et le rabattre dans une histoire particulière. De sa naissance à sa puberté, l'enfant a déjà parcouru les grandes lignes de sa vie. Il a déjà vécu, mais à la manière du vent et de la pluie. Puis, le voilà prêt pour être circonscrit dans une écorce de chair où il pourra agir et subir sa courte existence.

Avant de se lancer dans cette aventure, l'enfant doit attraper un bout de la tige totémique qui le rattache à cette plateforme, cette légèreté d'en haut qui fera toujours partie de lui : enfance qui continue à rire et à jouer avec les étoiles, bien au-dessus des roches et des cimes. Par l'autre bout de la tige, le plus étroit, il sera frotté sur la pierre, le plus souvent durement. De ce frottement jailliront des étincelles de douleur et de colère, la fumée sombre du ressentiment. Et puis, à force de frottement, son cœur s'allumera et il commencera à voir son chemin. Par un bout, il se promènera toujours entre les étoiles, il dansera, il courra à l'air libre sans rien heurter ni même ressentir la faim, pendant qu'en bas, dans la broussaille et sur la pierre, il sera déchiré.

Jadis, moi aussi, après ma chasse à l'ourse mère, j'ai été hissé sur un ticipitakan. Un hibou m'a pris entre ses ailes et m'a plongé dans la forêt. Il m'a englouti dans son thorax, il a cousu de grandes ailes dans mes omoplates, il a percé deux yeux criants dans mon crâne d'adolescent.

Je suis encore ankylosé par les douleurs de l'opération. Lorsque je m'envole, mes épaules me tourmentent. Mais, par les yeux, je peux me dégager sans peine, glisser sur les couleurs et revenir avec des images peintes sur des rouleaux de lumière. Presque toujours, je suis perché sur ma souche, et je regarde.

Je m'appelle Uhu. Je suis un vieillard un peu fou qui est un jour parti pour le Nord dans l'espoir de guérir mon fils et de libérer ma petite-fille, afin que mon peuple retrouve le sentier de la joie. Mais, par ailleurs, je ne quitte plus jamais ma coque de plumes. J'observe. Si j'ai faim, j'arrache mes ailes à la douleur, je plonge et me jette sur les petites touffes de poils qui trottinent dans l'herbe. Autrement, je répands mes regards comme des filets de pêche sur le monde, et tous mes souvenirs rayonnent autour de mes pupilles tournées vers elle, ma petite-fille.

* * *

Chante, fille de mon fils aîné, chante le jour chaud qui vient. Qui seras-tu lorsqu'une des formes de la vie t'aura saisie et jetée dans le troupeau? Quels seront ta place, ta condition, ton destin, ton court trajet parmi le peuple des Innus? Et quel oiseau seras-tu sur l'océan des roches? Un aigle peut-être… Qu'importe à ton grand-père Uhu! Toutes les places sont bonnes, tous les destins sont égaux: un frottement sur la pierre, un feu dans le ciel. La vie fait mal, mais c'est pour enflammer le jonc et le plonger plus avant dans la nuit.

* * *

Ma petite apprendrait assez tôt que, si le corps est battu par les vents, les yeux, eux, restent intacts. Le regard ne se blesse sur rien, il ne s'échauffe pas, il ne s'irrite pas, il caresse seulement la chose la plus légère du monde : la lumière. Tout ce qui est râpé et dispersé dans la forêt des mourants, cette chair, ces copeaux, cette sciure, rien de cela ne revient jamais dans un crâne de hibou ; seuls la couleur et son tremblement entrent dans sa maison. La lumière est le son du tambour solaire. Le sable poussé par le vent fait frémir la peau de la terre. Et parfois, un pied de vent perce les nuages et vient jusque dans le fond d'une caverne féconder une maman ourse.

* * *

Perché sur ma souche, je regardais ma petite-fille se débattre sur son ticipitakan. J'avais construit ce radeau entre des conifères tourmentés couverts de barbe de Tshakapesh. La barbiche qui pendait aux branches la protégerait contre la rupture du jonc totémique.

Trois

Avant de naître, ma petite-fille était venue secouer la fourrure refermée de notre tente. J'avais cru que c'était un ancêtre, car la barbe s'était détachée de la perche et une lueur s'était mise à danser autour de nous. Shiship (Canard), mon épouse, s'était réveillée. Lorsque la lueur avait disparu, elle m'avait lancé un regard d'adolescente, retenu un fou rire, s'était redressée en posant ses genoux de chaque côté de mes flancs et m'avait emporté...

Elle ne m'avait pas emporté très loin... Prenant la forme d'un couple de perdrix, nous avions tourné autour des deux parents : notre fils, Tshiashk (Goéland), et notre bru. Eux-mêmes ne purent résister aux assauts du désir.

Neuf lunes plus tard, elle était née, leur fille, notre petite-fille.

Les rochers ont la chair de poule à cause du lichen qui chatouille leur dos ; un vieillard frissonne en entendant sa petite-fille tournoyer autour de lui. La fin prend plaisir dans son commencement. Les ancêtres juchés sur des souches et des troncs, tout le clan des oiseaux, s'étaient resserrés autour du nid, plus souriants que des marsouins.

Les ancêtres l'avaient accompagnée dans ses jeux d'enfant. Elle avait réalisé son premier tour de vie, une enfance heureuse. Et eux, ils s'étaient bien régalés. Ils étaient encore là à regarder la jeune fille combattre sur le ticipitakan de son premier envol.

Mais justement, c'était son premier envol, et ils avaient dû la laisser à elle-même.

Alors seulement, elle chanta son appel :

« Écoutez-moi ! Mes grands-mères et mes grands-pères, écoutez-moi ! Les montagnes et les lacs, écoutez-moi. Et toi aussi, maman. Descendez de vos étoiles, car il fait froid dans le grand tambour. Même toi, le tambour, le trop grand, le trop tendu, le trop lustré, le dur d'oreille, tais-toi et écoute un peu ! »

Sa voix était claire. Les nuages bougeaient à peine. Tout le monde tendait l'oreille, car une femme se formait dans l'enfant. Elle continua :

« Je suis sur la plateforme, comme un garçon. Père s'est éloigné pour la chasse. Il faudra bientôt manger. Grand-père m'a surprise à mettre de la mousse séchée dans ma culotte de cuir souillée de sang ; alors, en riant, il m'a perchée en haut d'un ticipitakan avec trois peaux d'ours pour tout bagage. Père et grand-père ont besoin d'un troisième chasseur, car les caribous sont montés trop loin vers le nord, et moi je ne veux pas chasser, je veux faire comme ma mère et ma grand-mère : cueillir des baies et tanner des peaux… »

Cette lamentation faisait sourire, car en dessous le ton laissait entendre le contraire. Sous ses pieds, une rivière de fierté bouillonnait, la faisait trembler de peur et de plaisir, remontait le poteau pour lui agripper la tignasse et l'emporter bien au-dessus du ticipitakan.

Les nuages égratignaient le cuir bleu et tendu du ciel. Sous eux, les bosses de granit, les collines mousseuses, tous les marteaux de pierre et les broyeurs d'os se frappaient la poitrine. Ils voulaient répondre à son défi: «Une fille. Nous ne la ménagerons pas!»

Et moi, je riais dans ma barbe. Ma petite-fille les provoquait. Je voyais les flammèches de sa colère incendier la broussaille.

Elle chantait:

«Je vois trop bien tes dents blanches, toi, la chaîne de montagnes qui roule tes pierres sur nous. Elles viennent me broyer les os comme une grand-mère moud les os longs du caribou avant d'en mélanger la poudre à la moelle pour fabriquer la précieuse graisse blanche que l'on mange les jours de fête et les jours de noces. Tu veux faire de même avec moi! Eh bien, ma très chère chaîne de montagnes, tu n'auras ni ma moelle ni mes os. Tu as digéré ma grand-mère, tu as avalé ma mère, mais tu m'as plusieurs fois recrachée parce que j'étais trop verte à ton goût. Je ne suis pas mûre pour les étoiles. Je vais rire entre tes dents, je vais te les casser, moi, à force de rire. Et si tu m'avales, je te brûlerai l'estomac…»

Ma petite-fille chantait plutôt joyeusement.

Ah! qu'il est bon pour un vieillard d'entendre l'arrogance riante de la jeunesse décocher ses flèches dans l'air impassible du ciel. Pour un vieillard dont la braise expire dans ses dernières lueurs, à l'heure où la cendre étouffe les souvenirs dans un même fond de tristesse, rien n'est plus vivifiant qu'une jeunesse qui dresse le poing dans lequel elle garde enfermée toute son ignorance.

Avais-je le choix ? Ma petite-fille devait grimper sur la plateforme de son entrée dans le peuple d'en bas, et je devais l'y aider. Elle devait le faire à la manière d'un garçon, car nous n'étions plus que deux hommes. Il faudrait ensuite survivre jusqu'au passage d'une famille inuite qui nous aiderait dans notre quête.

Au sud, sur le Nitassinan, le peuple perdait de son ardeur. L'orignal, le lièvre, la perdrix, le porc-épic, le loup-marin, le saumon, les poissons de toutes sortes continuaient de nous nourrir, mais un climat de tristesse s'était installé. Nous étions un vieux peuple aux yeux fatigués. Les montagnes ne bougeaient plus, tout s'était figé, le grand tambour ne chantait plus, car nous ne savions plus contempler le mouvement des rochers. Le clan des oiseaux manquait d'aigles, de faucons, de plongeurs, de canards, mais surtout d'oies blanches, de sternes, de grands migrateurs. Il n'y avait pas assez d'yeux au-dessus de la forêt et de la mer, pas assez d'yeux pour voir de l'est à l'ouest, du nord au sud, du commencement à la fin. Alors, le peuple mangeait sans intérêt, vivait sans connaître sa place ; l'acceptation devenait de la soumission, les disputes se multipliaient, on réclamait des chefs…

Tout vivait désespérément bien ; seul le clan des oiseaux déclinait. Nous n'éprouvions même plus le besoin de nous percher plus haut afin de voir plus loin.

Mais pourquoi ? Il fallait le découvrir.

Les caribous de la forêt nous avaient quittés ; ils étaient remontés au nord rejoindre leurs cousins de la toundra. Seuls quelques vieux mâles erraient dans le

Nitassinan de la côte nord du fleuve aux Grandes Eaux. Nous ne pourrions pas survivre sans eux très longtemps ; pourquoi un peuple voudrait-il vivre sans la moelle du caribou ? Une moelle qui court sur des mers de roches et de lichens, des os qui volent en troupeaux innombrables plus joyeux que des marmottes au printemps, un esprit qui file aussi vite que le vent, nage comme un castor transportant un arbre sur sa tête, un rire qui glisse entre les lèvres du soleil couchant… Nous ne pourrions pas nous passer d'eux.

Depuis toujours, l'Innu est l'ombre du caribou. C'est ce dernier qui nous a amenés ici. Durant tout le voyage des brumes, sur les banquises, la trace du temps, dans les générations errantes, bien avant notre rencontre avec le fleuve aux Grandes Eaux, il a été comme notre vie debout devant nous. Si la vie nous quittait par la faim, le caribou entrait dans notre bouche pour nous vivifier ; si la vie nous quittait par la tristesse, il dansait devant nous pour nous ragaillardir. Il était notre miel et notre guide, il était notre piège, notre miel et notre fin. Toute la mer des étoiles qui migre dans une seule direction, c'est le caribou d'en haut sur le tambour bleu. Sans lui, nous sommes un peuple perdu.

* * *

J'avais instruit ma petite-fille :

« L'Innu ressemble à un jonc avec lequel un enfant dessine le récit d'une chasse. Le bout qui dessine va d'une faim à une autre faim. Le bout qui circule dans le ciel va d'une fin à une autre fin. L'Innu qui laisse le poids de la vie couper le jonc erre par les deux bouts : sur terre, il se prend dans ses propres pièges; dans le ciel, il s'entortille dans ses propres pensées. Le caribou court sur la tige, il la tresse, la rend incassable, rhabille les ébréchures.

— Mais de quelle chasse parles-tu, grand-père? demanda-t-elle.

— N'as-tu pas remarqué que l'eau que tu bois jaunit avant que tu ne l'évacues? C'est pour mieux nourrir la terre. Le ruisseau entre dans ta bouche, lave ton sang et va ensuite sustenter l'herbe qu'un orignal avalera avec appétit. N'as-tu pas remarqué que la viande rôtie que tu manges, lorsqu'elle ressort par l'autre bout de ton corps, a changé d'odeur? C'est pour ravitailler la terre, notre nourricière à tous. Tout se déplace et se transforme, tout nous déplace et nous transforme. Nous sommes de la terre en mouvement…

— Les cadavres aussi nourrissent la terre…

— La fin avale le commencement. Le commencement avale la fin. La mémoire avale la vie et la vie avale la mémoire. C'est cela, la chasse: faire passer la vie en nous pour retarder le jour où nous passerons en elle. Faire passer sa mémoire en nous et passer dans la mémoire d'un autre.

— L'herbe: de la mémoire?

— L'herbe résume toute la vie végétale de l'humus jusqu'à la fleur. Le loup résume toute la vie animale, de la tortue jusqu'à l'aigle. Comment pourrions-nous survivre dans une forêt enchevêtrée et incompréhensible? Il nous faut toute la mémoire du monde, parce que nous faisons face à tout l'embarras du monde.

— Et la Terre sans arbres…

— Nous y verrons plus clair.»

Ma petite-fille était prête. Elle pouvait trouver sa place dans le Nitassinan. Alors j'avais construit le ticipitakan, et elle avait chanté contre les montagnes et contre les rochers.

Quatre

Je dois maintenant parler de la force étrange qui nous avait fait remonter vers le nord. Nous n'avions été en elle qu'une aiguille de sapin emportée par le torrent. Mais comment une aiguille avait-elle pu remonter le courant ? Car c'est bien cela qui s'était passé.

Au début, on eût dit un sourd bourdonnement. Les montagnes avaient frémi. Les rochers avaient chuchoté dans le vent. Une volée de bernaches étaient venues jacasser près du campement. Des saumons avaient bondi dans la rivière comme des mamelles de chiennes poursuivant leurs chiots.

Une maman ourse, adossée à une chute, lançait des poissons à ses petits. Ils les attrapaient de la rive. Plus les oursons mangeaient, plus les saumons bondissaient de joie dans le bassin. ·

Pishou, du clan d'Unaman-Shipu, le meilleur compagnon de chasse de mon fils, Tshiashk, avait eu la vision de cette ourse. Il l'avait piégée mais, contrairement à moi, il avait épargné sa vie ; il lui avait simplement prélevé une grosse touffe de poils, dont il avait fait l'ourlet d'un bracelet d'écorce. Il réservait l'objet au premier garçon du village qui découvrirait sa nature d'ours sur un ticipitakan. La mère ourse, elle, fêtait sa vie épargnée en lançant des saumons à ses petits.

Mais, ce jour-là, personne ne pouvait comprendre que le bracelet d'écorce et l'ourlet de fourrure répondaient parfaitement aux questions qui pour l'heure restaient entières : comment notre famille peut-elle remonter la rivière jusqu'à la Terre sans arbres, alors que le torrent descend et, surtout, que les forces du clan déclinent ?

Comment le saumon peut-il remonter un torrent ? Le désir de l'origine peut-il l'emporter sur une rivière qui descend vers sa fin ?

Des orages lointains avaient grondé. À l'horizon, les nuages s'étaient alourdis comme des montagnes et tiraient vers nous la peau noire du firmament. Il avait plu durant des jours et des nuits. Les rivières s'étaient gorgées de rage et de fièvre, de limon et de branches ; elles descendaient comme des troupeaux enragés. On aurait dit que le ciel voulait s'émotter sur nos têtes dans une pluie de boue.

Écoutez bien !

Une rumeur et des bruits insolites avaient saisi les oreilles de mon fils Tshiashk. Des voix avaient pris sa tête entre leurs mains. Une furie avait bourdonné dans le lointain et s'était enfermée dans le cercle de son tambour. J'avais regardé mon fils, debout dans sa muraille de bruit. Il avait tendu la main. Je le dis tel que je l'ai vu : tout le roc du Nitassinan se convulsait dans sa main pulpeuse et ouverte. Les lignes de sa main ondulaient comme des ruisseaux ; les bosselures de sa paume trépidaient comme des montagnes frappées par le tonnerre, et on entendait le vagissement du tambour que ses doigts stupéfiés avaient laissé tomber par terre.

Que disait ce vagissement ?

Quelques jours plus tard, un orignal mâle au panache encore lardé de ses velours était venu s'offrir de lui-même au village. Il était en rut. Fou de rage et gonflé de puissance, il recherchait un soulagement. Tshiashk lui avait percé les poumons de deux flèches. Au terme de son agonie, je lui avais ouvert le ventre et avais disposé son tube digestif sur un rocher nu, l'estomac vers l'est, l'anus vers l'ouest. Un vent s'était levé de la mer. La lente digestion du Nitassinan se réfléchissait dans les boyaux de l'orignal. Tout le processus nous était présenté, long, décidé, mais pourtant incompréhensible. Nous étions quelque part là-dedans.

Je m'étais approché de mon fils. Le silence nous resserrait l'un sur l'autre, et un éclair nous avait reliés.

J'avais repéré dans l'intestin les deux canots du clan des oiseaux. Ils remontaient la rivière Nétagamiou jusqu'à ses sources marécageuses. Ensuite, toutes les traces se perdaient dans un bourbier. Mais, à la fin, on voyait le fils de Pishou, le compagnon de chasse de Tshiashk, pêcher le saumon. Il portait son bracelet d'écorce ourlé de fourrure d'ours, et tout à coup sa main tira de l'eau une jeune fille inuite.

Nous mangeons des bouts de mémoire, nos rêves les digèrent, les traditions nous habillent de souvenirs, les signes nous parlent, et nous ne comprenons jamais rien. L'ours doit-il sortir l'Inuite de l'eau ou être emporté dans l'œil d'un hibou ? Y a-t-il dans une fosse à saumon un passage secret permettant à un ours d'entrer dans l'élévation de l'oiseau ? Qui peut savoir ? Est-ce que de telles questions ont seulement un sens ?

Après cet augure, nous avions fabriqué un panier d'aulne. Nous y avions mis les viscères de l'orignal, nous les avions hissés en haut d'un gros cèdre, et des corbeaux étaient venus les chercher.

* * *

Le printemps suivant, il avait plu des jours durant. Le ciel voulait purger la terre. Les rivières étaient saturées d'amertume. Des grumeaux de bave jaunâtre dévalaient les escarpements, se jetaient dans les trous, couraient de toutes leurs forces vers la mer. La mer se gonflait et montait par grandes vagues rondes. La rive disparaissait, les arbres pataugeaient dans l'eau. Des tremblements et des gémissements secouaient toute la terre alors que le ciel transpirait en dispersant des volées de mouettes et de fous de Bassan.

Un énorme bouleau s'était coincé entre deux rochers dans une chute débordante, les racines bloquées entre les dents de pierre. Il pendait la tête en bas. Sa chevelure avait longtemps ondulé dans l'eau bouillonnante avant de perdre toutes ses feuilles. Le tronc luisait dans l'eau. Il appelait Tshiashk : « Viens me délivrer, et je t'emporterai. »

Nous avions attendu que l'été épuise la rivière et, avec l'écorce du bouleau, nous avions fait un solide canot en remplacement d'un autre qui s'était brisé dans une cascade.

* * *

Cet été-là, la chasse, la cueillette et la pêche avaient été plus que favorables. À la fin de la saison, nous avions à notre disposition une abondance de petits fruits de toutes les espèces et une très grande quantité de graisse et de viande séchée.

Alors, Tshiashk avait dit :

« Messenak, l'ancêtre des poissons, va nous faire remonter vers le nord. Il ne faut pas le craindre. Il est porté par des montagnes et des forêts entières. Il garde dans sa bouche des réserves d'alevins, des bancs de poissons larges comme des lacs. Ses muscles sont des tempêtes. Il veut nager dans ses origines, ensemencer, renaître. Avec lui, nous allons nous retrouver très loin au nord, au-delà du Nitassinan, et nous saurons pourquoi le clan des oiseaux décline en même temps que le caribou. C'est le temps de partir.

– Maintenant ! m'étais-je exclamé.

– Maintenant, avait-il répondu.

– Cet automne !

– Oui, pendant que la rivière est faible et que Messenak est fort. »

* * *

Messenak nous avait tous pris par les cheveux et nous tirait vers le nord. Nos perches ne se fatiguaient pas ; elles entraînaient nos bras et faisaient bondir nos deux canots au-dessus des flots. Dans les portages, c'étaient les canots qui nous halaient par les épaules, nous soulevaient de terre et nous emmenaient au-delà des cataractes et des tumultes.

Plus les orages usent les rochers en emportant leurs débris vers la mer, plus le saumon va de l'avant. Le désir va à l'encontre de la lassitude. Il est minuscule comme une petite semence dans la bourse d'un mâle, il est plein du ciel. Il veut s'ouvrir alors même que la terre se referme sur lui. Plus on oppresse le désir, plus il veut se dilater. Tout est là, dans ce croisement. Nous y vivons, nous nous y reproduisons, nous y mourons.

Dans la fosse, les transformations ; dans l'œil du hibou, l'étonnement.

* * *

Tshiashk avait été capturé par le saumon et il nous avait entraînés au-delà des hauts marais.

Mais il fallut payer le prix. Dans une violence imprévue de la rivière, nos femmes furent emportées dans le canot de tête. Nous les vîmes passer à côté de nous, se donner aux flots, ma femme et ma belle-fille. Un échange qui semblait bien naturel : leur abandon contre notre remontée. Leurs regards apaisaient le torrent, elles nous embrassaient, elles remontaient déjà la tige totémique menant à leur étoile. Leurs corps avaient culbuté dans une chute, ils s'étaient ouverts comme des fleurs sur des rochers, leur sang rougissait les bouillons. Nous n'avons rien pu faire, car nos mains étaient rivées à nos perches. Avec elles, les deux jeunes hommes qui nous accompagnaient et une grande partie de nos provisions s'étaient engouffrés dans le ventre du torrent.

Tshiashk avait à peine tourné la tête, car il fallait nous sauver nous-mêmes, et la lutte contre les flots exigeait toute notre attention.

* * *

Gros de leurs vies, Messenak nous transporta jusqu'aux sources de la Nétagamiou, au-delà des grands marais. Sans la grande traversée de nos femmes, nous n'aurions pas été capables de sortir des marécages. Tantôt portés par l'eau, tantôt calés dans la boue, tirant notre canot chargé de provisions, nous étions soutenus par leur sourire prodigieux. Elles chassaient les moustiques dans un souffle qui nous caressait la nuque.

* * *

Nous n'étions maintenant plus que trois : la petite, trop jeune ; son père Tshiashk, le goéland, le meilleur chasseur de tout le peuple innu ; et moi, Uhu, le trop vieux.

Durant l'hiver, je taillai des pierres et confectionnai des haches, des couteaux, des pointes de flèches et des pointes de harpons. Je tannai des peaux, je fabriquai des mocassins et des mitaines. Tout cela, je l'enseignai à ma petite-fille. Elle apprenait avec la vigueur de celle qui veut vivre.

Une fois arrivés à la bordure de la forêt, au moment de la quitter pour nous aventurer dans la Terre sans arbres, nous avons monté notre canot en haut d'un grand pin, la pointe accrochée à une branche cassée. Nos bagages étaient déjà attachés à de forts bandeaux d'écorce, prêts à être portés. Il fallait simplement attendre Tshiashk, qui n'était pas revenu de chasse.

Mais, en descendant de l'arbre où nous avions suspendu le canot, j'ai fait un faux pas et je me suis fracassé le pied sur une pierre. Alors, je me suis assis sur une souche et y suis resté très longtemps sans rien dire.

«Tu es fatigué, grand-père ? me demanda la petite après un long silence haletant.

– Laisse-moi reprendre mon souffle », lui répondis-je. Je la regardai en souriant.

« C'est toi, maintenant, qui vas tanner le cuir et coudre les mocassins. C'est toi qui vas tailler la pierre, pêcher et chasser. »

* * *

Tshiashk n'était toujours pas revenu. Moi, je pouvais marcher un peu en m'aidant d'un bâton. Je clopinais comme une perdrix dont la patte est prise dans un piège. Et ma petite-fille riait des mimes que je faisais pour cacher mes douleurs.

Avant de prendre la route vers la Terre sans arbres, je l'avais assise sur une branche et je lui avais raconté l'histoire depuis le commencement :

« Au début, le vent avalait le vent, l'eau dévorait l'eau, les montagnes disparaissaient dans les gouffres, les étoiles s'effaçaient dans la nuit. Les plantes étaient englouties dans la panse du caribou. La monstrueuse Atshen dévorait l'Innu. Tout avalait tout sans que rien ait le temps de prendre forme. Et puis, un jour, le ventre fut pris de vertige. La digestion se fit plus lente. Et le temps sépara l'avaleur de l'avalé. Un vent en poursuivait un autre. Une onde poursuivait une onde. Le gouffre attendait la montagne avant de l'engloutir. Le caribou regardait le lichen couvrir les pierres avant de le manger. Et Tshakapesh retarda le repas d'Atshen en lui racontant des histoires sans queue ni tête. La chasse avait commencé, car la proie fuyait devant le prédateur et la mémoire courait après les défis. On ressentait la soif, la faim et le désir. Alors les plantes couvrirent la terre. Les animaux couvrirent les plantes. L'Innu se releva de sa souche pour glaner les bleuets dédaignés par l'ours et prendre les petits caribous abandonnés par leur mère.

– Et comment sont arrivés les oiseaux ?

– Le ciel et la terre avaient été un immense ogre qui se dévorait lui-même. Ensuite s'éloignèrent les bouches et les proies. Il fallait bien des yeux pour traquer ou guetter, et des ailes pour élever les yeux et leur faire voir enfin le visage de l'avaleur. Éloigner l'avaleur de l'avalé ne suffit pas : il faut aussi éloigner l'œil de la grande dévoration. Tu vois, nous allons être mastiqués, puis assimilés, puis recrachés ; n'est-ce pas un minimum de justice que de pouvoir regarder en face l'immense grand-mère qui nous dévorera ? »

* * *

Le lendemain de notre arrivée au bord de la Terre sans arbres, ma petite-fille se cachait pour mettre de la mousse absorbante dans sa culotte de cuir, et j'eus la force de construire le ticipitakan.

Puis, je m'installai sur une souche pour l'écouter chanter.

Cinq

Elle chantait en haut de la plateforme. Elle convoquait ses ancêtres, tout le clan des oiseaux. Ils arrivaient un à un. Parfois, c'était un coup de vent, une odeur, un nuage songeur ; d'autres fois, c'était une épaule de roche qui avait déplacé un sapin, des arbres qui s'étaient arraché les cheveux durant la nuit, une couleur qui s'était émiettée sur une montagne lointaine. Ils venaient, ils retournaient leur manteau, ils se taquinaient les uns les autres, ils la passaient sous silence, l'inspectaient, s'assoyaient, chargeaient tout le cercle du Nitassinan de leurs bedaines bien grasses.

Avant tous ces événements, avant les signes, les inondations, les premières avancées du saumon et la remontée de la Nétagamiou, alors qu'il n'était qu'un chasseur parmi d'autres, Tshiashk avait eu une vision.

Il avait dansé toute la nuit en faisant résonner le tambour du clan (ce qui n'était pas la coutume, car celui qui bat le rythme ne peut soulever ses propres pieds), chantant et dansant comme s'il était un peuple à lui seul. Il était saisi par sa vision. La flamme de son corps s'agitait sur le dos d'un rocher et se fondait dans le foyer mourant du soleil. Son ombre sur l'horizon rouge dessinait une chasse dans les esprits de la nuit. Tout le clan des oiseaux avait participé à la danse. L'été nous avait rassemblés, les familles innues du Nitassinan, les clans. Tout le monde épiait les nouveaux mariages qui se préparaient. Il manquait seulement un peu de graisse blanche de caribou et d'herbes à fumer.

À l'époque, nous étions encore nombreux dans la forme opaque, aveugle et limitée des fabricants d'ombres : dix chasseurs, leurs femmes, leurs enfants, des jeunes des deux sexes, un vrai clan d'os et de chair que la lumière du jour ne peut traverser, un clan qui fait de l'ombre, laquelle se fatigue à mesure que le soleil s'élève, disparaît à midi, s'allonge le soir pour s'unir à toutes les autres au couchant et faire avec elles la nuit. Et les ancêtres-esprits, qui eux ne font pas d'ombre, formant un grand cercle, bombaient fièrement le torse à la vue de notre nombre, de nos chasses et de nos visions. Après tout, nous étions leur réflexion sur les rochers de la terre, parmi les arbres, le plus caillouteux de tous les animaux. Tshiashk était le plus opaque de tous. Alors, c'est sur lui que s'est formée la vision, comme une ombre sur un rocher. Mais ce n'est pas lui qui l'a vue, il ne l'a pas vue, il l'a subie. Shiship a vu les ombres sur le rocher de son fils, mais elle n'a rien dit, rien, sinon qu'il fallait rencontrer l'Inuit pour éviter notre disparition... Ses yeux disaient tout ; sa bouche, plus rien.

Après cette vision, Tshiashk et tout le clan des oiseaux étaient partis pour une grande chasse aux caribous. Il n'était pas habituel de partir si tôt. Mais le clan voulait revenir avec de la graisse blanche avant la dispersion des familles pour l'hiver. Moi, déjà trop vieux, j'étais resté sur la côte avec Shiship.

L'expédition avait été fructueuse, une énorme quantité de viande séchée et de graisse d'os avait été rapportée, Tshiashk volait sur son bonheur. Mais les autres pleuraient, car les pertes avaient été énormes : après cette longue chasse, le clan des oiseaux ne comptait plus que notre petite famille. Tshiashk chassait mieux que l'aigle, mais il voyait moins bien qu'une grenouille dans le fond d'un marais. Avec lui, on se frappait partout. Sans lui, on ne mangeait pas.

Tous ces signes avaient eu lieu avant notre départ.

* * *

Aujourd'hui, ma petite-fille convoquait tous ceux qui ne font plus d'ombre, car nous ne sommes plus que trois du côté des porteurs d'os et de bagages. Trop d'ancêtres, trop d'esprits pour si peu de dos et de bras. Le clan entier était là, je les reconnaissais tous malgré leurs formes brumeuses. Et ma petite fille chantait :

« Qui suis-je au levant ? Qui suis-je au couchant ? Pourquoi devrais-je porter tout ce poids ? Vous qui n'avez plus d'épaules, ni de front, ni de cou pour soulever et transporter ce que l'Innu doit manger dans son voyage, et ses outils, et ses armes de chasse, pourquoi concentrez-vous sur moi tout ce fardeau ? Vous, le passé, pourquoi me faites-vous porter, seule, l'avenir ? »

Et elle se plaignait fièrement, heureuse d'être au centre, d'être le passage obligé de l'avenir. Tout le clan se concentrait sur elle, elle, le dernier ventre vivant de nos ailes et de nos yeux fatigués.

« Je vais m'unir à un ours. Je vous le dis, à un ours. J'aurai des griffes, et je déchirerai les montagnes… »

* * *

Le jour avançait en réduisant l'ombre de ma petite-
fille. À midi, l'ombre du sud était minuscule et ma
petite-fille porta seule, pour quelques heures, le poids
de sa vie.

Écrasée, elle dormit un long moment.

Elle se réveilla comme une flamme, se dressa sur la
plateforme et reprit son chant:

«Quoi! vous n'êtes pas assez forts pour me porter?
Ouvrez vos ailes, laissez-moi regarder de l'autre côté du
cercle et de l'horizon. Laissez-moi au moins regarder.
Là-bas les montagnes, plus loin les océans, plus loin
encore le mur bleu du ciel, et la voûte, et les étoiles qui
ne sont pas des oiseaux, mais des terres, des rochers, des
îles… Je vous le demande, à vous qui n'êtes pas des
étrangers. Je veux être une chaîne de montagnes, non!
Je veux être un Nitassinan, car, si je dois porter tout cet
avenir, qu'il me soit donné de poser les pieds sur le roc.»

* * *

Elle se dressa, forte comme un thuya de montagne, puis
elle tomba dans un vide tremblant. Un vent tiède vint
essuyer son visage, et elle s'endormit.

Après un moment, elle se redressa et provoqua à nouveau le ciel et la terre. Mais dans tous les bruits, les
peurs, les espoirs et les désespoirs, le silence travaillait. Il
usait son enfance, il râpait les graisses de sa peau, tout le
jeu de sa vie devenait une affaire de résistance et d'abandon. Il enfonçait ses pieux dans sa poitrine, et du dedans
de son cœur montait jusque dans ses yeux cet étrange

liquide qui n'appartient qu'aux femmes et qui leur permet de dissoudre d'un seul regard l'orgueil des montagnes. Des larmes coulaient sur ses joues.

«Je serai fertile, cria-t-elle, enfin. Je vivrai sur tous les confins de la terre.»

* * *

Elle devenait belle comme la lune. Elle s'envolait au-dessus des nuages. Elle bleuissait les cimes et déchirait les rouges du crépuscule, qu'elle dispersait dans les nappes noires de la nuit. Un hibou s'était perché sur une branche à la hauteur de ses cheveux. Il avait perdu la faim, et ses yeux faisaient doucement le tour du monde sans rien accrocher d'aussi beau qu'elle. Un nerf de chevreuil reliait le hibou à la tige totémique de la jeune fille.

La lune passa.

Ma petite-fille était devenue la raison du froid et du chaud, des montagnes et des mers, de la migration des caribous et des oies. Il fallait bien tout cet espace, toutes ces mers et toute cette faune pour former son visage et que celui-ci devienne le Nitassinan de son grand-père.

Le paysage entier lui faisait un collet de fourrure. Et, comme pour vérifier s'il s'agissait bien de son collet, elle tourna la tête. La blancheur des glaces et la grisaille du roc se transformèrent immédiatement en une chair rouge, pulpeuse, marécageuse, poussant des soupirs d'accouplement. Et des nids partout portaient des œufs tachetés.

Allait-elle devenir une maman aigle?

* * *

Et puis, le silence acheva son œuvre. La coupole du monde s'effondra sur elle. Un cœur battait dans le silence et, autour du cœur, une femme se forma dans l'enfant.

Elle n'était plus qu'une femme nue dans les fourrures de l'ours, comme une vallée qui reçoit le vent, et l'humidité, et la brume, et la poussière des montagnes. Elle frémissait comme une jeune fille qui attend que l'orignal sorte de la forêt, qu'il secoue ses bois, qu'il la fasse rire.

« Oui ! Je veux ton organe mâle. Oui ! Je veux porter ton avenir. Oui ! Mon peuple, je te donnerai des ailes immenses et des yeux perçants. Oui ! »

* * *

Rien, non ; rien n'est plus doux pour le vieillard que de voir sa petite-fille prête à la fécondité. Elle comprenait soudain que la cavité la plus petite est l'origine de toutes les grandeurs qui nous oppressent : ces citernes de roc, ces mers pleines de cachalots, l'alcôve de tout le ciel et l'épais bouclier circulaire qui nous supporte. Tout part de la femme, et la femme part d'elle-même, de son propre désir comprimé dans la solitude infinie des étoiles.

Tout lui manquait, et donc elle ressentait tout. Enfin, tout lui était présent comme un poids, parce que tout lui était absent. Elle pouvait germer à partir du monde entier.

Mais qui serait cette mère ?

Elle attendait le signe. J'attendais un signe. De grandes ailes allaient venir. Le silence avait sifflôté toute la nuit. L'aube pointait. Le ciel glissait sur l'horizon comme une chair de saumon sur un séchoir. Une tache allait se former, descendre, s'étendre, lancer son rayon. Quelque chose, une force, un animal…

* * *

Je n'avais rien vu. C'était moi le fou, le bouffon.

Dans l'aisselle d'une branche qui tenait la plateforme, un nid d'hirondelle abandonné… Non, l'oiseau s'était envolé à cause des bruits de ma construction.

Ensuite, le silence s'était réinstallé. Et l'hirondelle revenait, légère, heureuse, insouciante, en virevoltant, en piquant, en spiralant. Elle regarda un moment la fille qui était là, puis elle gazouilla et se posa dans son nid. Elle se moquait de l'Innue : «Pourquoi cette fille n'est-elle pas partie avec les migrations d'automne ? Une retardataire, comme moi.»

Une hirondelle ! Shashauan Pelshish.

Tout le peuple des ancêtres avait éclaté de rire, la bedaine sautillante dans les montagnes.

«Ne riez pas ! cria-t-elle. L'hirondelle est plus vite que son ombre, plus agile qu'aucun d'entre vous, elle chasse sur un territoire immense et peut couvrir tout le Nitassinan en quelques jours. Il lui suffit d'une noisette de graisse pour traverser l'hiver. Je m'appelle Shashauan Pelshish. Je ne porterai pas vos maudites montagnes. Je vais vous chatouiller les narines. Et je partirai, légère comme une plume, dans un pays chaud criblé de papillons. Et les mouches, les milliers de mouches, je les avale !»

Six

Cette nuit-là, Tshiashk arriva en laissant tomber son lourd paquet à l'entrée de notre campement. Il se couvrit aussitôt d'un écroulement de silence et s'endormit. Je posai sur lui sa fourrure. Son ronflement était doux à mes oreilles. Shashauan et moi nous installâmes pour découper et sécher le produit de sa chasse. De l'ours.

L'aube souleva la toison de la nuit. Sa peau fine, jaune et brumeuse, se déchirait sur les épinettes. Le roc de notre clairière se mit à luire ; une muqueuse de poisson glissait sur ses reins rosis. Des vents retenaient leur respiration au loin, dans les cavernes d'Atshen, ils clatissaient comme des chiens affamés. La grande bouche du jour montrait son gosier rauque qui s'éraillait dans l'air tiède. Elle gardait derrière elle les plus raides froids du nord. L'automne nous donnait encore un jour chaud qui allait mûrir dans l'humidité. Le ciel allait s'ouvrir au-dessus de nos têtes comme les bois d'un vieux cervidé.

Je n'arrivais plus à bouger mes jambes.

Assis sur ma souche, je découpais la mère ourse. Ses muscles et son sang faisaient pleurer mes mains. C'était une vieille mère. En la dépeçant, je pensais à sa vie. Je lui parlais : «Peut-être qu'un de tes grands oursons viendra manger ma vieille carcasse.» Je lui chuchotais mon espérance à travers mes doigts qui couraient sur ses muscles.

Mon corps avait envie de se donner à un enfant de l'ourse. C'était une étrange envie, pas comme la faim qui fait revenir le ventre sur lui-même ni comme la soif qui brûle sa torche dans le fond de la gorge, mais plutôt comme des bleuets que le soleil fait craquer et qui n'aspirent qu'à une bouche écumante de bave fraîche. Un besoin irrépressible de dissolution dans de la salive.

Shashauan allait et venait avec les morceaux de chair. Quand les branches des arbustes autour de nous furent couvertes de tranches que la lumière et le vent faisaient frémir, elle s'assit, elle aussi, pour écouter la viande qui voulait être mangée.

Ma petite-fille avait mué. Je la regardais dans sa tranquillité nouvelle. Au centre, c'était comme du feu qui palpitait. Autour du cœur, un bouillonnement d'air et de sang se débattait dans une cage d'os. Aux quatre coins, ses membres s'étiraient pour enlacer, se mouvoir et travailler. L'air entrait là-dedans, la viande de l'ourse aussi. Et puis cela respirait. Et puis cela voulait avaler le monde, et qu'il soit tout entier dans son ventre. La femme est notre porte. Shashauan aurait son homme au milieu d'elle dans la colonne du levant et le monde s'y reformerait.

Si la viande n'entre pas dans la bouche, si l'organe mâle n'entre pas dans l'organe femelle, si le corps n'entre pas dans sa source, si le Nitassinan n'entre pas dans le piège, si le paysage n'entre pas dans l'œil, si la circonférence n'entre pas dans le centre du cercle, si le son du tambour n'entre pas dans l'oreille, si la vie ne se replie pas dans son milieu, d'où viendra son plaisir de vivre ?

* * *

Ma vie sur pierre aspire maintenant à la paix de l'air.

«Ma petite-fille, il est temps que tu soulèves ton grand-père de toute ta beauté juvénile.»

J'ai envie d'être dévoré par la nuit.

Aujourd'hui, je vais glisser mes yeux sur les joues de Shashauan et je frissonnerai d'un plaisir nouveau. Je laisserai danser mes doigts à l'orée de ses narines, et son sourire me soulèvera au-dessus des montagnes. Alors je partirai pour l'aventure des deux grands lacs de son âme. Par un beau jour chaud, je m'étendrai là. Le soleil tamisera ses couleurs sur sa peau mienne. Couché sur la ligne des cils, je regarderai le dôme évasé du cristal de son œil. Pendant ce temps, un ours peignera la bleuetière de ses griffes et remplira sa panse de mon corps poreux et saturé de douleur.

Alors que mon corps criait sa soif de mourir, je fixai ma petite-fille dans les yeux :

«Tu seras ma terre douce ; je suis si fatigué de la terre dure.»

* * *

Mes pensées avaient préparé mes paroles :

«Shashauan Pelshish, écoute-moi ! Tu es la femme-oiseau des Innus. Un peuple à toi toute seule. Tu le sais. Jamais ton grand-père, ni ta grand-mère, ni aucun de tes ancêtres ne pourront t'abandonner. Où irions-nous ? Tu es une hirondelle de mer, une sterne. Tu es notre Nitassinan.»

Tout s'était arrêté. Shashauan respirait lentement. Tout le cercle du tambour semblait aspiré dans le petit trou qui se dessinait entre ses lèvres. Elle était un peuple de femmes dans un seul visage tatoué. L'hirondelle du peuple.

* * *

Mon ombre s'était couchée derrière moi. Midi s'en retournait.

Je demandai à ma petite-fille :

« Pendant que la viande va sécher, tu vas me faire une tente tremblante. »

Les lignes de son visage s'affaissèrent une par une. Shashauan voulut dire quelque chose, mais elle savait que c'en était fait. Il n'y avait pas d'autre possibilité. Mon pied était déjà mort. Une odeur de décomposition sortait de mon mocassin. La sueur perlait sur mon visage, et le moindre mouvement me faisait crier de douleur.

« Je serai plus utile vivant que vieux », lui dis-je, en souriant.

Pas très loin, dans un enfoncement, à travers quelques sapins, il y avait des petits trembles larges comme des bras d'enfants, droits et souples comme de la ramille de saule. Elle les coupa. Elle les attacha par le sommet pour former un cône et les disposa en cercle autour de ma souche. Je me calcifiais sur mes racines.

À la hauteur de mes genoux, de mes épaules et un peu au-dessus de ma tête, elle noua des cercles transversaux d'aulnes luisants.

Le soleil s'était arrêté au-dessus de l'horizon.

La structure était montée dans les proportions voulues. Cela formerait une sorte de cocon vertical lorsque l'écorce de bouleau serait cousue sur le squelette de bois. Ma petite-fille alla chercher des racines d'épicéa dans un marais, puis revint s'asseoir à côté de moi. Nous les épluchâmes ensemble.

Elle avait du mal à avaler sa salive. Une main d'angoisse caressait ses cheveux.

«Je serai plus utile vivant que boiteux.»

* * *

Mon rire réveilla Tshiashk. Il sortit de ses fourrures comme un jeune merle. Il ne savait rien à propos de mon pied.

«Qu'est-ce que vous faites là? demanda-t-il.

– Mon fils, tu as été longtemps parti. Je suis tombé sur une pierre et mon pied est mort. Un banal accident. À mon âge, c'est trop. Ta fille est devenue une femme sur un ticipitakan. Shashauan…

– Shashauan! répéta-t-il.

– Ne te moque pas.

– Je ne vous abandonnerai pas, père, promit Tshiashk, comme s'il pouvait déplacer le cours du temps.

– Il n'est pas question d'abandonner qui que ce soit, mon fils. Seulement, l'hiver s'en vient et vous avez encore plusieurs jours de marche devant vous. Je serai plus utile dans ma tente qu'étendu sur une civière d'écorce de bouleau tirée par deux enfants…

– Pas question de vous laisser ici, père.

– Pas question que je reste ici, mon fils. Mais écoute-moi un peu. Vous serez deux à marcher, et à attendre l'Inuit sur les sentiers du caribou. Vous avez encore besoin de moi. Surtout toi, mon fils. Je vous collerai au derrière. Fils, tu chasses mieux qu'un ours, mieux qu'un renard et mieux qu'une meute de loups. Tu flaires, tu retraces, tu devines, tu te glisses dans les bruits et les odeurs comme une couleuvre, mais tu peux être aussi fou qu'un troupeau de caribous poursuivi par une nuée de mouches. Les oreilles bouchées par des boules d'orgueil sont comme des essaims de guêpes autour d'un chevreuil. Si ta fille parle, écoute-la, car tu pourrais entraîner tout un peuple dans une mer ouverte simplement parce que tes oreilles bourdonnent. Maintenant, allez chercher de l'écorce.»

Tshiashk et sa fille furent longtemps partis. Tout au long de leur cueillette, ils se lancèrent de vieilles rancunes dans un silence à tue-tête. Un troupeau de mots tus et siffleurs. Shashauan assouplit son cœur, laissa son père maugréer et entra doucement dans la nouvelle vie que je préparais devant ma tente tremblante.

Comment ferais-je pour chasser le malheur de devant leurs pas? Mon fils, je vais lui cogner la tête sur un arbre pour casser son orgueil. Ma petite-fille, je vais lui mordre les orteils pour qu'elle parle.

* * *

Ils cousirent l'écorce.

Toute la nuit, ils chantèrent et dansèrent autour de ma tente. Et puis, il y eut un coma dans l'œil de l'aube.

Ils étaient tous les deux partis.

Et le silence se coucha sur mon cœur, le velours de sa chaude peau s'étendant sur mes os glacés.

VERS L'EST

Un

Les glaciers qui jadis écrasaient les montagnes, ceux qui avaient torturé de leurs lames les sommets du Nord, déchirant les vallées et broyant la pierre, n'étaient pas des mers primitives qui avaient gelé sur place comme je le croyais. C'étaient des couches et des couches de neige qui s'étaient comprimées sous leur propre poids : une trop longue histoire devenue épaisseur et pesanteur insupportables, même pour les plus puissants rochers de la terre.

De ma tente tremblante, je sentais le roc souffrir le temps, je voyais le soleil râper la glace et écaler des noix de granit. Mes chères montagnes…

En proportion de cette charge, les rayons du soleil semblaient légers et inoffensifs, on aurait dit de l'air illuminé, mais, à mon réveil, c'étaient des récipients que des bras remontaient jusqu'à des hauteurs vides et froides. Le soleil écopait les lacs et les rivières avec ses gros bras de lumière. Il lançait la vapeur dans le ciel en gonflant les nuages comme autant de thorax. Il y avait trop d'eau et de lacs à son goût ; il voulait toucher au rocher nu, s'asseoir dessus.

D'en bas, on ne voit pas grand-chose, mais le soleil est une sorte de pieuvre titanesque aux milliers de muscles qui tire l'eau des mers, la condense, la cristallise, la découpe, la taille, puis la laisse retomber en pluie, en neige, en poudre. Il suce et aspire les mers du Sud pour écraser le Nord sous une énorme masse de glace.

Maintenant ma vue est libre.

Au sud, la régression des eaux libère des continents que le soleil verdit. Les animaux paissent doucement et les hommes vivent de légumes, de racines et de fruits. Le prix de cette douceur: l'énorme plaque de glace qui craque en hiver et ruisselle en été. Sur les franges de cette plaque épaisse court le caribou; il poursuit le lichen dans toutes ses couleurs.

Il y a longtemps, bien avant les glaciers, le ciel était criblé d'étoiles filantes. Plusieurs tombaient sur la terre. C'étaient des montagnes de glace, des blocs d'eau gelée, d'énormes glaciers errant parmi les étoiles. Tout à coup, ils se décrochaient du ciel et fonçaient sur terre. Ils s'amollissaient dans l'air brûlant et explosaient sur la roche primaire. Ils s'évaporaient et retombaient en trombes et en torrents. Le ciel attaquait la terre à coup de montagnes de glace, il inondait la terre. En bas, la roche se noyait.

Ensuite, le soleil se mettait à haler l'eau, à l'avaler, pour la recracher en neige sur la calotte du Nord. Je comprenais ce qu'était le ventre du Nord, la grand-mère de l'Inuit: un grand morceau de la mer du ciel blotti dans le froid, recueilli dans un rêve profond.

Ce rêve, c'est lui, l'Inuit.

Alors, à quoi rêve le grand glacier du Nord? Lorsque nous le saurons, nous rirons plus fort que toutes les rivières du printemps.

Moi, hibou, plus rien ne m'aveuglait.

Progressivement, au sud, les chauds continents nourrissaient grassement les bêtes autant que les hommes. Un peu plus au nord, dans les terres médianes, la nourriture était plus rare, et les hommes belliqueux. La peur appelait à des chefs. La bête nue devenait furieuse. C'est alors que l'est arriva par l'ouest et couvrit le Nord de son rêve inuit.

On vit apparaître des familles sur les glaciers ; elles se nourrissaient de caribous, mais surtout de phoques : ils sentaient l'air pur et frais. Il était donc inévitable que la baleine, le plus grand mammifère marin, celui dont le Nitassinan embrasse toutes les mers, désire entrer dans sa bouche, être mangée par lui, et enfin respirer très haut dans une nouvelle conscience encore plus large et plus transparente.

Sur la ronde terre, la paix consiste à s'accorder avec son origine afin de pouvoir bondir sur une terre nouvelle. Savoir se laisser rêver par sa vieille grand-mère afin de lui chatouiller les narines, la faire rire et danser...

Il y a donc assez longtemps que les glaces venues d'en haut chuchotent le rêve du ciel et le secret de la terre. Ce rêve et ce secret vivent et se reproduisent dans tous les organes de l'Inuit comme si ses os étaient devenus une troisième oreille, un tambour. Seul l'Inuit peut vivre dans les contrées extrêmes où il s'est réfugié, car il entend le froid parler dans la chaleur de son corps.

Il sait, il mange.

En ces temps lointains, on peut les apercevoir, rarement, mais quelquefois, surgir des glaces blanches et venir vers l'Innu comme une oie des neiges dans la pâleur d'un matin laiteux.

Au printemps, lorsque le soleil casse la glace de leur mer et que l'eau verte surgit des blessures comme du sang de poisson, l'Inuit se glisse dans un léger kayak et part à la poursuite d'une énorme baleine. Il faut ouvrir les yeux : une baleine, c'est comme un troupeau de marsouins dans une seule bête énorme, on dirait une colline de graisse et de muscles, un cœur tranquille qui donne à la mer son rythme solennel. Ce n'est pas seulement parce que c'est une grosse bête, c'est surtout parce qu'elle parcourt les océans et les rassemble dans sa mémoire de graisse. Une planète bleue dans un cerveau moelleux. L'Inuit la poursuit. Seule la baleine peut combler son besoin d'étendue. Manger de la chair de baleine, c'est comme manger la mer par morceaux.

Le seul danger vient lorsqu'une orque vorace s'approche d'un troupeau de phoques. Presque toujours, on aperçoit de loin sa haute nageoire dorsale. L'embarcation s'immobilise, l'Inuit fait taire tout son corps, et même sa respiration, et l'épaulard passe à côté du kayak comme à côté d'un bois de mer. Néanmoins, il faut de temps à autre donner un chasseur à l'orque. Sinon, pourquoi la baleine s'approcherait-elle des kayaks inuits ?

Les baleines arrivent de toutes les mers, chargées d'histoires étranges, de légendes invraisemblables, et aussi d'un krill qui a lui-même couvert d'immenses nappes d'eau. Ces rorquals géants montent au nord par familles dans l'espoir d'entrer dans la bouche d'un de ces hommes vertigineux pleins du secret des glaces. De si grandes bêtes dans de si petites bouches ! On n'y pense pas ! Mais le ciel et toutes ses étoiles n'entrent-ils pas dans la pupille minuscule d'un hibou, même d'un hibou figé de vieillesse dans une tente tremblante? Après tout, la vie n'est-elle pas la récapitulation perpétuelle de la dispersion infinie?

* * *

Dès que l'on arrive à l'orée de leur Nitassinan, les Inuits nous voient. Ils nous touchent déjà. Ils nous enlacent même. Ils sont déjà pleins de notre odeur. Ils consentent alors à sortir de la blancheur. Et on voit l'horizon jaunir.

Ils se tassent dans la fourrure de loup-marin avec laquelle ils emprisonnent tant bien que mal leur esprit géant, mais toujours leurs oreilles roulent dans la neige et dans le vent pour charroyer le secret des glaces. Leur cœur, leurs muscles, leur peau recueillent sur eux-mêmes tant d'étendue qu'il faut bien qu'ils se soulagent de temps à autre. Ils voyagent pour étendre leur âme trop grande sur la neige pure du Grand Nord. Il leur faut quinze chiens pour couvrir assez de continent avec leur traîneau. Toutes les eaux qui sont venues du ciel à coup de montagnes de glace, on peut les voir dans le cercle de leur capuchon. On a l'impression que la lune retrouve sa vie dans chacun de leur visage…

Ils glissent entre ciel et terre, entre la peau bleue et la peau blanche du tambour; on les entend rire bien avant de les apercevoir. Ils savent le monde et la raison du monde. Sinon, comment pourraient-ils sourire à l'automne, dans le mourant du soleil et les nuées de mouches?

* * *

Un jour, il y a longtemps, ma petite-fille Shashauan, qui devait avoir cinq ou six ans, et moi avons vu un orignal si fier et si heureux de son harem qu'il s'est jeté sur une tignasse d'épinettes dures et serrées comme sur un rival. Il avait besoin d'un peu de douleur pour refouler vers lui l'espace trop large de son bonheur. Il avait un besoin irrépressible d'ennemis, et pour cela il attaquait des arbres.

Le bonheur est large, alors que le plaisir est étroit. Celui qui a vu la coulée d'un couchant sur la mer des glaces, qui a senti sous ses pieds la jouissance de la terre, celui-là connaît la force qui pousse l'Inuit à couper le vent glacé avec son nez et son front, à tailler son chemin dans l'air rigide des glaciers, à foncer dans les fanons blancs de midi. L'Inuit attaque le froid pour se libérer d'un surcroît de bonheur.

Il fallait qu'il vienne à notre rencontre. Il était la grande migration des mers, nous étions la bouche d'une terrible question : pourquoi la joie du caribou nous avait-elle quittés ? Le rêve de la grand-mère de glace tournait-il au cauchemar ?

Deux

Il neigeait à gros flocons. Le vent changeait constamment de direction.

Dans ce Grand Nord, c'est toujours comme ça. Devant, derrière, à droite, à gauche, partout, de vastes banquises vacillent sur une mer de rochers ourlés de congères. Les brouillards cabotent d'une colline à l'autre ; le regard pénètre le paysage avec peine, mais l'air arrive chargé d'infini. Il n'y a pas de répit pour le vent qui n'est plus qu'un troupeau affolé ; il se sépare et court n'importe comment en se prenant la tête dans les mains.

L'Innu qui va là cherche un sapin, un bouleau, un tronc, une résistance, pour solidifier son cœur ; il n'y en a pas. Il ne peut décider d'une direction, ni avancer vers un but, ni reculer, il n'y a plus de repères, son cœur a déjà été déchiré par le vent, rien n'entrave plus rien, tous les mouvements sont lâchés dans un même chaos. L'Innu n'est plus un Innu, il est une feuille dans un monde d'esprits furieux.

Et puis, un jour, ils étaient là : Tshiashk et sa fille. L'Innu devinait une traînée de neige, comme une mèche de cheveux ondoyant dans la blancheur, une direction, vague, mais de plus en plus insistante.

Là, un rideau de neige étouffait la forme, qui se reformait et se précisait.

Mon fils Tshiashk planta ses yeux dans cette poudre. C'était encore très loin. Mais il pouvait apercevoir des points gris soulever la traînée. Si le mouvement n'était pas venu aussi droit vers lui, Tshiashk aurait imaginé qu'il s'agissait d'une harde de cervidés ou d'une meute de loups. Mais il n'y avait pas la moindre hésitation dans les rayures : elles fonçaient sur eux.

Des chiens prenaient progressivement forme dans un aboiement lointain. Tshiashk sentit son cœur tressaillir. Il avait peur d'inventer ce qui venait vers lui. Oui, c'étaient des chiens. L'Inuit venait, il tranchait la fureur blanche comme si c'était l'élément mou de sa propre volonté.

Shashauan se détacha de son père, se planta à côté de lui et plongea, elle aussi, ses yeux dans le nuage blanc.

* * *

De son côté, l'Inuit les avait vus en rêve. Il avait vu deux arbres perdus dans la toundra, l'un rouge, l'autre vert, et plantés sur la route du caribou. Ils ne savaient pas où ils se trouvaient, car un épais tapis de neige recouvrait les sillons creusés dans le roc, et ces deux arbres n'arrivaient pas à rejoindre le roc avec leurs racines à demi gelées.

* * *

L'Inuit venait à eux comme un rayon du matin, en plein centre du plateau, droit dans l'axe des regards frémissants de Tshiashk et de Shashauan.

À travers les aboiements, les deux Innus entendirent rire. L'Inuit détendait l'air qui se crispait autour de Tshiashk et de Shashauan, le faisant voler en éclats. Les vents se disloquaient, s'enfuyaient en dégageant un espace serein. C'était comme un fouet d'étincelles, un tas de petits trous dans un cuir blanc, et, de l'autre côté, les taches d'un pays repu. Ce qui paraissait plus tôt un infini affolant de vents fous n'était plus qu'une sorte de tente de cuir blanc que le rire inuit crevait. De l'autre côté de l'écorce éblouissante, le ciel ressemblait à une gelée de bleuets immobile dans laquelle des oiseaux de forêt chantaient.

Dans la maison du vent, la traînée de neige continua son chemin vers Tshiashk alors que le komatik s'immobilisait dans le hurlement des chiens. Le vent décapuchonna Tshiashk. La famille inuite n'était pas encore séparée en individus, elle était trop loin. Elle n'était qu'un nuage gris miroitant dans la blancheur. Elle avança encore un peu vers Tshiashk et Shashauan, qu'elle voyait sous la forme de deux arbres. Puis, elle s'arrêta à bonne distance.

Elle se sépara du traîneau et des chiens, elle se ramifia en individus. Avec des couteaux, ils tranchèrent la neige durcie. Ils firent un premier cercle de blocs. Ensuite, ils coupèrent cette première rangée en biseau, ce qui leur permit d'élever les autres rangées en colimaçon. Un dôme prenait forme. Des voix étranges et gutturales trottinaient autour d'eux un certain temps après que les paroles eurent été émises. Le dôme de l'igloo se formait avec la précision du mouvement des étoiles autour de l'axe du nord. Et puis, la maisonnette de neige était là, demi-sphère lustrée sous la voûte céleste.

Les dernières lueurs du soir s'emmitouflaient derrière le dôme, la neige qui tombait se violaça, la noirceur encercla la maison de l'Inuit. C'était comme le sein d'une femme entre des mains qui n'osaient pas... Les chiens s'entassèrent dans un rond de vent qui s'était formé près du trou de l'entrée. Deux hommes poussèrent de la neige sur les chiens, et toute la famille entra dans la voûte.

Soudain, une lueur illumina l'igloo. On entendit des enfants glousser comme des perdrix.

Un bonheur rond devant deux arbres branlants! Même une mer de glace aurait pouffé de rire.

* * *

«Ils nous parlent», souffla Tshiashk à l'oreille de Shashauan.

Et les deux s'approchèrent à quelques pas de la coupole.

«Que veulent-ils nous dire? demanda Shashauan à son père.

– Je ne sais pas.»

* * *

Il y a tellement de solitude autour d'une famille inuite! On dirait une banquise qu'elle promène autour d'elle, enveloppée d'une peau rose de jeune fille. Si tout à coup deux étrangers froissent cette peau avec leur haleine d'orignal, la famille se fige, aux aguets, comme le cou d'un huard sur un lac. Alors imaginez si l'intrus s'est planté dans la glace à quelques pas des oreilles de l'Inuit.

Dressés dans leurs fourrures d'ours brun mal cousues, sérieux comme des épinettes, Tshiashk et Shashauan attendaient devant l'entrée de l'igloo. Ils attendaient un signe.

Le froid s'était glissé dans les coutures, il plantait de petites épines un peu partout. Là où avait coulé un peu de sueur, il s'installait avec ses harpons. Mais ce n'était pas assez, il faisait des feux et écrasait des braises sur des carrés de peau. Après, il s'en allait en emportant toute sensation. L'organe devenait de la pierre. L'esprit de l'organe était abandonné à lui-même. Sans matière, il errait autour du corps comme un chien autour d'une tente. Et les esprits mélangeaient leurs rêves dans le grand chaos des vents...

À l'intérieur de l'igloo, un bredouillage se réchauffait...

«Ils veulent nous dire quelque chose», souffla de nouveau Tshiashk à l'oreille de Shashauan.

Mais les paroles de Tshiashk étaient presque inaudibles tant ses lèvres étaient gelées.

On riait de plus en plus dans la chaleur de l'igloo.

* * *

Le froid mordait les deux arbres : des griffes d'ours sur des troncs muets.

Et la tête du chasseur tournait dans son interrogation. Et la tête de la fille du chasseur tournait dans d'interminables interrogations à propos de celles de son père. Et, pendant ce temps-là, le froid se sustentait de la chair des deux idiots.

Et puis le froid se mit à pousser dans le dos de Tshiashk, qui résistait.

Alors une enfant sortit de l'igloo. Elle n'avait sans doute pas plus de dix ans. Elle tira sur la mitaine de Shashauan et disparut à nouveau dans l'igloo. Cela produisit une sorte de vide dans la tête de ma petite-fille, qui cessa de penser et se glissa derrière l'enfant. Tshiashk les suivit.

Devant eux, cinq visages souriaient comme des lunes dans la graisse rouge qui coulissait dans l'air. Au centre de l'igloo se trouvait une pierre creuse pleine d'huile et de morceaux de graisse dans laquelle une mèche couchée formait une rangée de gros cils de feu : un kudlik. Celui-ci faisait vaciller le gras de l'air, et les visages lunaires illuminaient le dôme.

Les torses étaient nus. Les visages retenaient un fou rire. Les Inuits se séchaient dans des odeurs d'herbes fermentées qui venaient d'un estomac de caribou traversé par un os et suspendu sur le feu. Les lunes regardaient fixement les deux Innus. Quelques poils blancs troublaient le sourire du chasseur père. Des rides se tiraillaient sur le bord de ses yeux bridés. Aucun signe ne passait sur ce visage, et pourtant Shashauan et Tshiashk comprirent qu'ils avaient le droit d'observer.

Shashauan glissa son regard discrètement sous le menton des deux enfants. Le plus jeune, un garçon, tenait un chiot dans ses bras. Il le laissa partir. Le chiot s'approcha de la fourrure de Shashauan et éternua. Toute la famille, sauf l'aîné des enfants, éclata de rire. Le chien alla se réfugier dans les bras de la jeune fille. Celle-ci le serra un moment sur sa poitrine nue, puis elle le laissa repartir. Il courut plus vite qu'il n'en était capable, culbuta, puis s'en alla jouer avec une lanière de cuir. À l'autre bout de la lanière, la mère cousait un mocassin. Entre ses lourds seins, une amulette d'ivoire brillait : un renard blanc le dos en arche autour du soleil. En face d'elle, dans des lueurs sombres, un jeune chasseur glissait un couteau sur une défense d'ivoire qu'il sculptait. Lui n'avait pas ri. Il ne leva pas les yeux.

Tshiashk réussit tant bien que mal à se débarrasser de son masque d'inquiétude, puis de celui d'embarras, puis de celui de suspicion, mais n'osait toujours pas ouvrir la bouche. Il enlevait un masque après l'autre comme s'il préparait un palabre. Il aurait fumé, mais il n'y avait rien à fumer. Shashauan n'avait jamais vu son père se débarrasser de ses masques ainsi. Ses mains tremblaient légèrement.

Tshiashk sortit de ses bagages un étui d'écorce plein de saumon séché, dont l'odeur s'échappa. Les yeux des enfants sortaient des lunes toujours suspendues dans la graisse rouge de l'air. Le père inuit passa doucement la main au-dessus du feu.

La chaleur du kudlik était bonne.

Tshiashk et Shashauan se découvrirent afin de se sécher.

La chaleur s'endormait, se couchait lentement sur leurs corps comme une bête tranquille. Elle ronronnait et circulait entre ces hommes et ces femmes assis dans l'immensité, à peine protégés par un dôme de neige que le feu rougissait. Dehors, le vent sifflait entre les dents de la nuit. Des museaux de chiens fumaient dans la neige. Au loin, on entendait des fureurs se chamailler.

Tshiashk tendit une tranche de saumon au chasseur père. L'Inuit la plaça sur un os pour la chauffer sur le kudlik. La chaleur caressait les deux hommes, les amollissait, ralentissait leurs gestes. Le père inuit inclina la tête, coupa le filet de saumon en deux et distribua les morceaux aux enfants. Les bouts de poisson plongèrent dans les lunes en les éclairant.

Tshiashk donna une autre tranche au chasseur père. Il la réchauffa sur le kudlik un long moment et la donna à sa femme. Elle mordit dans le milieu de la tranche et coupa le reste avec son ulu. Le père attrapa le morceau avec sa bouche. Et toute la famille éclata de rire, sauf le jeune chasseur, qui sculptait dans l'ombre.

Tshiashk sourit en découvrant un peu de son cœur. On pouvait y voir une reconnaissance encore humide et mauve, car de l'autre côté du muret de neige le froid tuait des vents qui fuyaient. Il fit un grand geste circulaire pour dire qu'il savait dépendre, qu'il savait que dehors le froid formait un pays dont personne n'avait jamais vu la circonférence. Il voulait signifier que, sur une telle mer, avoir une île de neige renversée sur la tête est un salut, et que dès que l'on a mis le pied dans ce salut, on est soudé à ses hôtes par tout le froid qui nous entoure.

Il offrit une nouvelle tranche au chasseur père. L'homme la prit, la chauffa et la redonna à Tshiashk. L'Innu comprit. Il tendit la tranche chaude et fumante au jeune chasseur. Mais celui-ci ne leva pas les yeux, il restait absorbé par sa sculpture.

Alors, le chasseur père leva un œil sur Shashauan. Celle-ci se sentit soudain nue. Elle resserra les bras sur sa poitrine. Le père inuit sourit. Pour montrer que Shashauan était sa fille, et non sa femme, Tshiashk lui tendit le morceau pour qu'à son tour elle le tende au jeune chasseur. Ce qu'elle fit, mais avec trop de lenteur dans son geste. Un tremblement passa, perceptible.

La mère et la petite Inuite ne purent contenir un nouveau fou rire qui contamina tout le monde, sauf le jeune chasseur et Shashauan. Néanmoins, le jeune homme leva les yeux sur elle un très bref instant, juste assez pour qu'elle sache qu'il n'était pas indifférent.

Trois

Shashauan entendit un hibou frapper de l'aile sur l'igloo.

Elle réalisa soudain l'immensité du cercle de solitude qui les entourait. Au sud, des lunes de marche avant de rejoindre son peuple. Au nord, de longues journées de marche sans doute avant d'apercevoir une autre famille inuite. À l'est, rien avant la mer. À l'ouest, rien avant la mer. Et ce grand cercle était gardé par la plus sûre des sentinelles : le froid vide et nerveux du Grand Nord.

Elle avait bien remarqué que les vêtements des Inuits étaient doubles : fourrure à l'intérieur, fourrure à l'extérieur, cuir sur cuir cousus dans les proportions du corps, avec un soin parfait, aucune couture extérieure ne rejoignait une couture intérieure. Les peaux de loup-marin étaient si bien tannées qu'elles avaient sur eux la même souplesse que sur l'animal vivant. Un vaisseau contre le froid. Et les deux Innus n'avaient que des peaux d'ours brun pleines de coutures que le froid pouvait mordre jusqu'au sang.

Tout le vent qui tournait dans le grand cercle de la solitude enfermait Shashauan sur une île minuscule où il n'y avait qu'un seul jeune chasseur. Et il se protégeait en attachant ses yeux à la déesse Sedna qu'il sculptait et que les Innus ne connaissaient pas.

Dehors, des esprits glissaient dans la neige en surveillant l'île-igloo. Ils tassaient des montagnes de froid contre le dôme de neige. La fureur que l'on avait entendue au loin couvrait maintenant l'immense désert de froid. Un troupeau de buffles de vent parcourait tout le bouclier du continent. Les bêtes chargeaient dans toutes les directions comme s'ils cherchaient des obstacles contre lesquels s'écraser. Mais il n'y en avait pas.

La neige poussée par le vent formait des lames et des dunes. L'igloo accumulait de chaque côté de lui une épaule de neige et des bras relâchés. La lueur du kudlik disparaissait dans les couches où s'enfonçait la maison chaude à la peau glacée.

Avec un long couteau d'ivoire, le jeune chasseur creusa un tunnel pour faire entrer l'air, car toutes les ouvertures se bouchaient. Il avait flairé la direction du vent, la direction de la lame de neige qui recouvrait le dôme, et il creusait la paroi la moins épaisse. Les chiens s'étaient rapprochés de la cheminée qui s'était ouverte dehors; ils formaient une seule bête à plusieurs museaux. Le jeune chasseur s'enfila dans le trou qu'il agrandissait avec son corps, il plongea le bras dans la meute et en retira trois chiots qu'il entraîna dans l'igloo. La mère réussit à suivre ses petits.

Le jeune chasseur creusa ensuite une alcôve dans le mur de l'igloo. La chienne s'y écrasa pour nourrir ses petits. Le bruit du vent s'atténuait à mesure que l'igloo s'enfonçait. Ce n'était plus un bouillon de buffles, mais des enlacements de serpents. Ils formaient des torsades larges comme des chaînes de montagnes. Le soleil se levait et se couchait dans leurs nœuds, les lunes s'élevaient et se cassaient comme des œufs sur les cimes du vent, et tous les instruments du temps se déformaient en de longs boudins blancs.

On aurait dit que le temps avait cessé de se battre. Il creusait son nid dans un froid qui ne laissait aucune chance.

Plus rien ne luttait.

De loin en loin, par taches, les gros animaux formaient des cercles immobiles où se fracassaient les restants du temps. Les mères ourses se lovaient sous la neige, et d'une patte géante ramenaient leurs petits vers un mamelon. Dans leur terrier, les renards rêvaient à la danse des souris. Sous des mousses recouvertes d'une grande épaisseur de toison blanche, toutes sortes de rongeurs imaginaient de l'herbe et des noix. On s'établissait sous la neige, convaincu que, maintenant, il ne restait plus qu'à rêver, car dehors le vent aplanissait toutes choses vivantes. Le froid avait fabriqué son propre vêtement ; on y dormait résolument dans une petite éternité d'images.

Dans son trou de neige, sous les langueurs du vent, l'Inuit partageait cette paix des bêtes.

Autour de l'igloo, le froid guettait pour que rien n'en sorte. Et rien ne sortait.

Dans cette tanière d'ivoire où le temps s'était endormi, épuisé, une seule jeune femme, un seul jeune homme sur une immensité dont ils prenaient conscience inspiration par inspiration.

De loin, on voyait le corps du temps, un désert blanc sans tête ni bras, couché, assoupi, endormi parmi ses propres nœuds. Au milieu, un trou, et, dans le trou, une solitude et un exilé, femelle et mâle d'une même dissémination.

Quatre

Le kudlik veillait. Il ne devait jamais s'éteindre. À tour de rôle, chaque membre de la famille inuite, du plus jeune jusqu'au père, s'assurait de conserver la largeur du feu nécessaire à la lumière et à la chaleur. Au repas, le feu couvrait toute la mèche; on se dénudait jusqu'à la ceinture pour laisser fumer la peau. Durant le sommeil, seule une petite flamme vacillait au milieu de la noirceur. L'enfant ou l'adulte qui veillait au feu tapotait de temps à autre la mèche avec un os pour étouffer les flammes dans la graisse: il fallait économiser l'huile, il ne fallait pas laisser mourir le feu.

Tout autour, le temps n'était plus qu'une nuit glacée, de la mort à perte de vue.

Lorsque la lune s'en allait avec ses étoiles et toutes les autres espérances, les yeux de l'enfant veilleur se racontaient des histoires dans les ombres qui remontaient sur les murs rougis. Il fallait connaître beaucoup d'histoires pour tenir le temps mort à bonne distance.

Le jour, les deux pères faisaient de leur mieux pour s'apprivoiser.

Sur le plancher de neige de l'igloo, le pava dessinait la discussion. Tshiashk questionnait le chasseur père,

Silattuq (Celui qui devient sage). Silattuq répondait, mais avec une nouvelle question. La colonne des réponses de l'un ne devait pas trop dépasser celle de l'autre. L'hiver s'épuisait dehors dans son dernier combat. Ils l'espéraient tous les deux, le printemps attendait pas très loin.

On aurait dit que les deux hommes sortaient des poissons d'un trou de glace. Il fallait beaucoup mimer et longtemps rire, car les malentendus pouvaient s'accrocher aux dessins que les hommes faisaient, et le poisson pouvait bien s'échapper dans les profondeurs du silence. Et un malentendu dans les circonstances de la glace, c'est un tueur. Alors il fallait aller aussi lentement que l'ours dans son trou d'hiver. On respirait imperceptiblement autour des deux discuteurs.

Le village de Silattuq était établi sur le bord d'une grande baie du Nord, là où se déversait le fleuve qu'ils avaient remonté pour venir chasser le caribou, un fleuve parfois large comme un lac, parfois étroit comme une cataracte, qui se longe en traîneau à chiens, en empruntant des routes de glace et de neige qu'il fallait deviner. Silattuq était maintenant aussi loin de son village que Tshiashk l'était du sien.

L'Inuit dessinait lentement. Il écoutait lentement. Sa longue route alanguissait ses gestes et élargissait ses oreilles, car les réponses de Tshiashk arrivaient encore trop froides.

« Frère, pensait Silattuq, le mouvement de la glace sur l'eau ne dit pas grand-chose de la mer. Tu me parles pour te cacher. Parlons à cœur ouvert. »

Silattuq parlait sans ambages. Son amour du village, on l'entendait dans le frottement du pava sur la neige.

Trois ou quatre fois par génération, une famille ou deux venaient ici prendre ce que le caribou voulait bien lui donner. C'était comme décrocher un morceau de pure joie pour le ramener au village. On pouvait sentir la vie palpiter dans la gorge du mangeur, sentir la course, la nage, le rut et la mise bas, l'écume vitale du cervidé rouler dans le rouge saignant des quatre horizons du ventre...

La route du caribou, chaque famille la connaissait. La difficulté venait du fait qu'il n'était pas possible de savoir où en était le caribou dans sa migration. Était-il déjà plus à l'ouest? Fallait-il le poursuivre ou l'attendre? Le mieux était donc d'arriver à la fin de l'hiver. De cette façon, on savait qu'il n'était pas encore passé, qu'il était toujours au sud-est. Mais alors, il fallait avoir beaucoup de provisions, car il n'y avait presque rien à chasser, l'hiver, sur ces fjelds de neige. Si le caribou arrivait trop tard, la famille n'avait pas assez de nourriture pour descendre le fleuve et revenir parmi les siens. Si le printemps arrivait assez tôt, on pouvait tout de même survivre grâce aux poissons des lacs. Le danger était grand, mais qui pouvait se passer de caribou?

« Oui, qui peut se passer de caribou? » répétait Tshiashk.

La famille de Silattuq était réputée douée pour cette chasse. Trois fois, Silattuq s'était installé sur la route du caribou : enfant, jeune chasseur, et maintenant. Il entendait encore dans sa tête le claquement des sabots. Le caribou faisait le tour de son esprit en courant du bout de ses pieds évasés. Il revenait saison après saison comme le réveil après la nuit. Le caribou avait promis de donner à l'Inuit plusieurs des siens. Le rêve n'avait laissé aucune équivoque. Alors Silattuq avait promis : « Je vais ramener au village les caribous qui errent dans mon esprit.»

Il n'était pas question de deux ou trois bêtes. Le voyage était trop long. Il fallait organiser une chasse qui permette une pleine récolte, par exemple en rabattant le troupeau vers une rivière escarpée, et piéger ainsi plusieurs individus lorsqu'ils remonteraient de l'autre côté de la rivière. Ensuite, le reste de l'été se passerait à faire sécher la viande, à préparer la graisse, dans laquelle on emprisonnerait des baies que l'on aurait trouvées dans des failles ou des enfonçures, à tanner les peaux, à tailler les bois, et à fabriquer un second traîneau.

Tout cela valait la peine et le risque. Lorsque la graisse du caribou fondait dans sa bouche et que sa moelle pétillait sur sa langue, l'Inuit était comme un peuple en fête : une joie crevait les étoiles sur la voûte de la nuit, il plongeait dans le fleuve de ses ancêtres, qui traverse de part en part le ciel du Grand Nord. La route du caribou sur les rochers n'est que l'ombre de la route du caribou dans le ciel. Une route en gouttes de lait, éternelle et exubérante.

Et Silattuq s'enroulait dans la fourrure du ciel, il s'enroulait comme un chien dans la tempête. Sa femme le recouvrait de son corps nu, il se retournait sur le dos, le couple disparaissait dans la noirceur, et on n'entendait plus que les vagues de la mer.

Le lendemain Silattuq répétait : «À quoi sert d'éviter la mort et de la reculer, si on n'a pas un peu de graisse de caribou à se mettre dans la bouche ?» Et Tshiashk répondait : «Qu'est-ce que la vie, si on n'a pas un peu de graisse de caribou dans l'esprit ?»

Ces phrases, ils les savaient maintenant dans les deux langues, et elles planaient sur eux comme une volée de mouettes sur un banc de poissons. Et, pourtant, elles ne disaient pas la même chose.

* * *

En proportion, Tshiashk et Shashauan possédaient plus de provisions que la famille inuite. Il fut convenu de tout partager, d'organiser ensemble la chasse et de répartir à nouveau. Il fallait donc demander au caribou de donner au moins dix adultes et autant de jeunes.

Mais Silattuq ne s'était pas complètement abandonné au jeu sincère de la discussion ; il restait perplexe. Le dialogue, les dessins sur la neige, la pesanteur du blizzard qui ne s'arrêtait pas, tout cela entretenait des courants souterrains que les mimes et les dessins ne disaient pas. D'où venaient ces courants ? Quelle en était la source ? À quelle profondeur se situait la motivation… Silattuq voulait savoir.

Pourquoi l'Innu avait-il remonté la rivière si loin au nord, si loin de son peuple ? Comment la famille de l'oiseau avait-elle été décimée ? Pourquoi l'Innu croyait-il retrouver ses forces dans une rencontre avec l'Inuit ? Tout cela se disait sur le plancher de neige. Mais ce n'étaient que des banquises ; la mer intérieure de Tshiashk restait un grand mystère.

Certes, la peur de la mort n'est qu'une bien petite peur en comparaison de la peur de rester à côté de la vie, en dehors des forces qui se compénètrent dans le grand océan des vivants ! Car, si l'on n'entre pas là-dedans, la vie devient insupportable, et on veut la mort.

La question de Silattuq: «Par quel miracle luttons-nous contre la mort? Nous devrions tout abandonner, car dehors, le froid...» Et il sentait la vie se vouloir dans son ventre.

La question de Tshiashk: «À quoi sert de vivre, si vivre, c'est poursuivre un repas après l'autre?» Et il sentait la mort travailler partout autour de lui.

Imaginons un homme privé de caribou. Sa joie s'affaiblit, il se met à craindre de mourir avant même d'être entré véritablement dans la vie. Il se dit: «Si je ne mange pas de caribou, qu'est-ce que j'ai à faire de vivre?»

Ce n'est pas le vent et les montagnes qui importent: c'est la couleur que les yeux leur donnent. Si les yeux sont ternes parce que depuis trop longtemps privés de caribou, tout est terne et mort. On se demande: pourquoi vivre? C'est que la vie est en train de s'évanouir sur ses yeux comme une paupière, le caribou ne sort plus des pupilles pour illuminer la neige.

Silattuq n'en était pas là. Le caribou courait encore dans ses entrailles avec son miracle contre la mort.

On doit le comprendre: dehors, le froid tue tout. Il fallait que Silattuq sache s'il pouvait faire confiance à l'Innu.

Parfois l'Inuit se disait à lui-même que l'Innu recherchait simplement la gloire, c'est-à-dire une compensation pour le vide de sa vie. Mais alors, pourquoi lui et eux aboutissaient-ils dans le même igloo, sur la route du caribou? Pourquoi cette rencontre, une rencontre qui venait de très loin, du début du monde? Deux rivières, deux veines, ancêtre par ancêtre jusqu'à eux... Deux histoires millénaires se retrouvaient à un carrefour, des centaines de générations ici, maintenant... Un croisement si longtemps préparé... Dans ce dôme de neige, au milieu d'un immense blizzard, le choc de deux artères du temps... Pourquoi ?

Il fallait aussi regarder devant, vers le futur. Devant ces routes croisées, on entrevoyait la distribution de trop de choix, de trop de destins : des famines, des festins, des misères, des désirs, des impasses, des espérances, des enfants... Trop de possibles, les uns vitaux, les autres fatals. Pourquoi tout cela surgissait-il ici, dans cette petite boursouflure de neige perdue sur la grande route du caribou ? Et pourquoi lui, Silattuq, plongeait-il ses yeux dans les yeux de cet inconnu, avec ses enfants autour de lui, et sa femme, une seule femme pour deux hommes ?

* * *

Une chose paraissait claire : dans le bouclier des glaces et des neiges, chacun des hommes était venu à une croisée.

Quelles étaient les forces qui avaient remonté l'Innu si haut vers le nord et l'Inuit si bas vers le sud ? Quelles étaient les forces qui les avaient poussés au carrefour de tous les commencements ? Il fallait des forces colossales. Mais colossales de vérité ou de folie ? Qui pouvait répondre ?

Ce pouvait être une mer, une montagne, un nuage, un ouragan, un ours, une meute de loups, un renard sacré ou un magnifique saumon qui avait fait le travail, mais cela pouvait aussi provenir d'une simple faille dans l'esprit de l'Innu lui-même. Silattuq se posait la question. Un lac peut être assez froid pour blanchir le lichen sur ses bords, et pourtant l'eau ne gèle pas encore. Il est toujours transparent, et même plus transparent que jamais. On voit le fond à travers une grande épaisseur d'eau. Il est tendu de froid et de vérité. Mais il suffit qu'un petit morceau de sable vienne à tomber, et d'un seul coup l'eau gèle. Un poisson pris dans cette glace croit voir des issues partout, mais ce n'est que la réverbération de sa propre agonie. Une seule impureté, par exemple une graine d'orgueil dans une mer trop silencieuse, et le chasseur ne voit plus rien d'autre que son propre esprit cristallisé dans son propre vouloir. C'est un homme dangereux. Et tous les êtres fragiles autour de lui sont aspirés dans sa folie.

L'Inuit autant que l'Innu connaissent ce danger. Aussi chaque famille doit-elle vivre les périodes de disette dans la solitude et les périodes d'abondance dans le partage. Si la folie d'un homme survient, elle ne doit pas entraîner celle des autres. Or, ici, sur l'immense plateau de glace, alors que le chasseur venait de perdre ses dernières ombres dans la solitude, au milieu de la route du caribou, l'Innu et l'Inuit se retrouvaient dans le même igloo, soit salut l'un pour l'autre, soit perdition pour l'un et l'autre.

Silattuq le savait d'expérience : un homme dans une grande étendue de solitude peut voir mieux que personne à la ronde et à une hauteur inégalée même par un harfang des neiges. Il peut voir le caribou, il peut relâcher dans le vent celui qu'il a capturé dans son esprit, il peut demander au maître des caribous un morceau de sa vie, pour se refaire, pour participer au mouvement des vagues qui retombent dans les vagues. Oui, tout cela est possible. Quand il est à sa place, l'homme est soulevé et emporté dans le grand mouvement des êtres, où tout est harmonie entre le mangé et le mangeur, où tout est tambour et danse, apparition et disparition, comme des crêtes de vagues qui retombent dans des creux de vagues.

Voir est nécessaire pour vivre et pour mourir, pour jouir de vivre et pour jouir de mourir. Mais l'œil n'est pas toujours dégagé. Souvent, il étouffe dans la peur, l'inquiétude et la nuit. Dans une telle étendue, il suffit de vouloir partir alors qu'il faudrait rester, ou de vouloir rester alors qu'il faudrait partir pour que tout soit perdu. S'il est plein de lui-même, de sa propre volonté, de son propre cristal, l'œil voit ce qu'il veut voir et aussi ce qu'il craint de voir. Et si ce qu'il craint et ce qu'il veut se cachent derrière un brin d'orgueil, la folie l'emporte. Sur le Nitassinan des glaces, la folie, c'est la mort.

Silattuq toisait Tshiashk, Tshiashk toisait Silattuq. Les dessins sur la neige parlaient, mais les deux hommes, eux, cherchaient à entrer dans le Nitassinan intérieur de l'autre. Ce n'était pas seulement une question de vie ou de mort, car nous mourons assurément, c'était une question bien plus importante : une question de bonne vie et de bonne mort.

* * *

Et voilà que Tshiashk ne savait plus ouvrir son sac au soleil pour faire sécher ses vieux vêtements.

De mon perchoir, je craignais pour lui, pour Shashauan et pour cette famille inuite.

* * *

Nuliaq, la femme de Silattuq, caressait les cheveux de ses enfants tout en écoutant le dialogue des deux hommes; c'était comme des hurlements à la lune. Elle tenait son plus jeune contre sa peau nue, car le kudlik tremblotait dans trop de palabres. Elle le pressait sur elle. Elle jouait avec sa fille à un jeu de pierres sur des carreaux de neige tapée. Elle était comme un canard qui enveloppe ses petits. Le chasseur innu l'inquiétait.

Mon fils, celui qui bondissait sur le tambour sans jamais coller sa joue sur la membrane des circonstances, l'inquiétait.

Un homme qui n'a pas de femme est comme un phoque dont le trou de glace est bouché: ne pouvant pas émerger, il étouffe sous l'eau. Alors, il gruge la glace avec ses dents, il la casse avec le désespoir de celui qui a besoin d'air. Ce n'est plus un chasseur, c'est un homme prêt à tout. Il vaut mieux lui donner de l'air pendant qu'il se possède encore.

Une nuit pleine de nuages, alors que le kudlik peinait à rougir sa petite goutte de lumière, avec l'acquiescement de son homme elle alla se glisser dans les fourrures de l'Innu. Elle plongea dans la caverne du chasseur. Elle lui donna deux ou trois grands jets d'air. Et elle revint auprès de son homme.

«Méfions-nous de lui», chuchota-t-elle dans les oreilles de son mari.

Cinq

Durant ce morceau de temps bloqué par le froid et tournant sur lui-même en palabres, Shashauan et le jeune chasseur inuit prenaient conscience du rabattement que la tempête causait autour d'eux. Le vent remplissait, gonflait l'espace, éliminant tout. Il était impossible de partir, impossible de revenir, impossible d'aboutir, impossible de seulement croiser une autre famille. Le trop-plein de vent avait chassé tout ce qui pouvait advenir.

Là où les deux pères imaginaient des possibles, Shashauan et le jeune chasseur soupesaient les impossibles. Les buffles du vent encornaient l'igloo en hurlant : « Restez ! » Le même verbe que l'on crie à l'oreille des chiens pour qu'ils renoncent à leur liberté. C'était vrai pour eux qui étaient dans l'igloo, c'était vrai pour tous ceux qui, au loin, auraient pu vouloir s'approcher. Le vent criait des glaçons acérés qu'il crachait dans les oreilles de tous les animaux, il leur intimait de s'enrouler dans leur propre chaleur.

Mais ce n'était pas une prison : c'était de la liberté rabattue sur un dôme de neige, de la liberté compressée, des liens tassés dans des corps, comme des membres que l'on colle sur un torse, des bras que l'on garde près des poumons, des jambes qui ne peuvent plus fuir loin du cœur. Des agglutinations indéchirables. Les liens faisaient de plusieurs corps un corps unique.

L'impossibilité qui se comprimait autour de l'igloo se transformait en liens nécessaires. Et ces liens se resserraient principalement autour du jeune chasseur inuit et de Shashauan. Tout le monde, les enfants mieux que les autres, comprenait cette nécessité qui se collait aux lèvres, faisait sourire et voulait pouffer dans l'air rouge.

Toute l'histoire de l'Innue s'arrêtait là devant l'histoire de l'Inuit. Les deux histoires, des siècles et des millénaires, lovées et dressées, on aurait dit deux couleuvres enlacées sans queue ni tête, juste des peaux qui se frôlent pour saisir leurs limites dans celles de l'autre. La femme et l'homme restaient à distance, immobiles, mais savaient que les histoires allaient, à un moment précis, les prendre et les jeter l'un sur l'autre.

Dans ce désert de neige où le vent force les chiens à mettre le nez sous la queue, le temps se retourne sur lui-même. Tous les hiers et les tous les demains se vident. Les jeunes hommes qui habitaient la mémoire de Shashauan, jeunes du village, jeunes qu'elle avait vus, à qui elle avait rêvé, tous ceux-là, les beaux comme les moins beaux, les bons chasseurs comme les paresseux, tous mouraient de froid les uns après les autres avant d'arriver à l'igloo. Ils disparaissaient dans l'épaisseur brute du froid. Personne ne viendrait ici avant longtemps. Et les jeunes femmes vues ou rêvées par le jeune chasseur disparaissaient aussi dans la neige et le froid.

Tous ces rêves immobilisés faisaient naître, toutes ces impossibilités taillaient dans la glace un seul et unique rêve, et ce rêve contenait de plus en plus tous les autres rêves ; il était fort de tout ce qui s'était figé, et il réclamait que la jeune femme détende ses épaules, desserre ses bras et fasse sourire sa poitrine rougie par le kudlik. Et lui, le jeune chasseur, sentait déjà son arc frémir, car il n'avait plus qu'une cible réelle, les autres ayant disparu dans la neige.

Shashauan tendait toujours le même morceau de saumon au jeune chasseur.

Le geste était encore là suspendu.

Mais l'éternité l'avait transformé en fuite impossible, en une grâce que seule la pudeur retenait. C'est pourquoi le jeune chasseur hésitait encore. Son désir n'était pas mûr, mais il était bel et bien semé. Dans l'immensité qui s'était fixée dans le geste de Shashauan, de la graisse fondait et des lueurs tissaient des liens. D'un mouvement qui parut brusque, le chasseur prit la viande et l'emporta dans l'obscurité où il se tenait.

Évidemment, ni Shashauan ni le jeune chasseur n'avaient même entrevu ce qui venait de se passer. Qu'importe, cela se tendait maintenant dans l'igloo comme un tunnel de chair dont les deux bouts ne pouvaient plus échapper l'un à l'autre.

Deux histoires se toisaient, des premiers ancêtres jusqu'à ces deux-là, les deux futurs ancêtres d'une nouvelle histoire, une femme, un homme, assaillis d'un picotement langoureux.

Pour un bref instant, Shashauan vit un orignal femelle traverser mollement l'igloo comme si ses pattes arrière ne pouvaient plus suivre ses pattes avant. Le jeune chasseur percevait très bien l'immobilité qui s'était installée dans les hanches de Shashauan et qui attendait, comme un vase.

* * *

Le blizzard ne cédait pas. Silattuq et Tshiashk pala-
braient avec le pava sur la neige; Shashauan, elle, ne
dessinait pas. Au contraire, elle effaçait. Elle effaçait
tout ce qu'elle pouvait: les souvenirs, le clan, le Sud, la
perdrix colorée, Pishou le meilleur ami de son père et
son ours brun; tout ce qu'elle connaissait, elle l'effaçait.
Elle gardait devant elle son plancher de neige intact. Si
un dessin se formait, elle glissait son pied pour le faire
disparaître. Elle se gardait dans un petit cercle invisible,
mais c'était un solide radeau. Si solide qu'elle attirait
tout à elle.

Du jeune chasseur, elle avait appris le nom: Arvik
(Baleine). Elle ne le voyait pas, elle ne le sentait pas,
mais elle ne l'oubliait pas. Elle jetait seulement une ligne
dans l'eau; on aurait dit une pêche au mouillage tout
près d'une plage de sable. L'appât de l'immobilité. Cette
fixation agissait. Le radeau tanguait, il neigeait sur le
cercle de l'eau. Les teintes de la neige, les bleus, les roses,
les beiges, les turquoises lavaient les yeux de Shashauan.
C'est comme ça, les couleurs lavent les formes, et une
nouvelle forme sort de l'invisible, aussi fraîche qu'un
bébé naissant. Shashauan ne voyait plus Arvik dans
son corps fait, mais dans le corps nouveau qu'elle lui
faisait...

Le temps racornit les rives de sa pêche au mouillage.
Le cercle retombait sur elle par écailles. Comme sur un
couteau, l'ombre d'un hibou traversa les murs de l'igloo
et râpa la coquille dans laquelle elle s'était réfugiée. Devant ses yeux, il n'y avait ni ciel ni terre, qu'une seule
muraille de neige grumeleuse.

Elle ne savait plus si elle dormait, si elle rêvait, si elle attendait ou si elle était arrivée. Là, entre les dents du ciel et celles de la terre, entre les lèvres du couchant et celles du levant, dans le baiser du soir et celui du matin, elle était devenue le lien mouillé, le filet de salive, la langue qui glisse entre les lèvres du jour et de la nuit. Le temps passait trop lentement, et l'igloo se tassait dangereusement sur ses occupants.

Dehors, le vent sifflait dans l'air épais, il poussait sur une masse, puis sur une autre. L'air se déplaçait par grosses bêtes, les unes glacées, les autres chaudes ou tièdes. Les masses d'air géantes luttaient tête contre tête à la manière de bœufs musqués.

Dans l'igloo, l'air ne bougeait pas. Le kudlik crachait ses amas de lueur rouge, qui verdissaient en tombant sur la neige. Dans un tas de lumière suspendu, la mère séparait également des bouchées de poisson séché, elle nourrissait ses deux petits éperviers, et ses yeux taillaient des blocs de neige. La vie entrait et sortait par courts sommeils, elle n'allait jamais trop loin du feu car, dehors, le temps restait glacial. Sur le radeau de Shashauan, Nuliaq et ses enfants jouaient au couteau avec leurs yeux d'éperviers. Des rires étincelaient à la pointe des lames. Shashauan voulait maintenant que cela lui arrive ; elle voulait jouer le même jeu.

Le jour, alors que le kudlik lançait des mottes de chaleur sur les dos et les poitrines, l'air ressemblait à du lard. Il coulait sur les muscles, qui s'assouplissaient.

L'immobilité a le pouvoir de délier les sensations, qui se détachent de l'esprit, errent et reforment le monde n'importe comment. Le temps s'amuse dans l'enceinte des neiges, alors qu'au-delà, il arrache les têtes.

* * *

La tempête était enfin rassasiée. Elle voulait dormir.

Dehors, Arvik avait creusé une longue tranchée dans la neige. Le roc n'était pas trop loin en dessous. Il avait méticuleusement dénudé le lichen. Il l'avait brossé avec le dos poilu de sa mitaine en faisant attention à ne pas l'abîmer. Sur les sentiers du caribou, il repérait le moment du dernier passage et la santé du troupeau. «Ils sont nombreux», chantait-il dans son esprit, car déjà il savait qu'il y avait plusieurs bouches à nourrir de l'autre côté du présent, dans les battants de l'avenir proche : des petits éperviers la bouche ouverte et criante autour d'une mère et de son nid de neige.

En creusant, il avait trouvé des pierres. Il en avait mis une grande et plate sur la neige pour s'y asseoir. À bonne distance, il avait placé une pierre pointue là où le soleil se levait et une autre là où il se couchait. Chaque jour, il disposait une pierre au lever et une autre au coucher. Les pierres s'éloignaient les unes des autres. Les jours s'allongeaient. Il croyait le printemps proche, à deux doigts du cœur.

Arvik était le seul à sortir. Silattuq surveillait les autres pour qu'ils restent dans l'igloo.

Le jeune Inuit se glissait dans le vent. Il ne dérangeait rien des odeurs, il ne touchait même pas à la grande solitude qui flottait autour de l'igloo, il ne faisait aucun bruit, et il retenait ses pensées autour de lui. De cette façon, les loups ne seraient pas alertés. Ils prendraient naturellement leur position. On les entendrait annoncer l'arrivée du caribou. Bientôt, on pourrait percevoir son silence entre leurs hurlements.

* * *

À force de gratter la peau de son esprit, Shashauan le vidait, et les quatre vents entraient par tous les orifices. Le rond de neige autour de ses deux pieds restait lisse. Au-dessus de sa tête, le toit de neige s'était épaissi, le vent avait enchaussé la maison. Les yeux de Shashauan s'étaient échoués sur le mur de neige. Elle voyait glisser sur le dôme de l'igloo un guano livide veiné de gomme d'épinette et de nerfs de caribou. Le toit avait volé en miettes. La muraille de guano formait un tube vertical dans lequel battait son sang. Des hurlements étouffaient dans cette gorge enflée. Au fond sourdait, dans l'haleine naissante, une douleur large, épaisse et sanglante. La douleur élargissait la gorge du temps, serpent vertical. Une douleur profonde qu'elle ne connaissait pas. Les lèvres voulaient s'ouvrir, mais frémissaient seulement.

Son corps n'était plus qu'un tube qui reliait son sexe à sa bouche. Un tube entre deux bouches, et c'est toutes les entrailles de la terre, le râlement des cavernes, le tonnerre des volcans, le ronflement des profondeurs qui voulaient passer à travers elle.

Nuliaq entendait l'étouffement dans la gorge de la jeune Innue. La mère inuite était revenue de sa courte visite dans la couche de Tshiashk, une nuit, pour savoir ce qu'il cachait dans son orgueil. Elle avait encore son odeur qui remontait de son ventre et tiédissait sur sa poitrine nue. Et elle avait mal, elle aussi. Un mal qu'elle ne comprenait pas tout à fait, qui ne s'arrêtait pas avec le dégoût, qui enveloppait plus que le dégoût. Il y avait aussi sa douleur de femme, cette remontée du fond de la terre qui fait des bébés et des avenirs avec les muqueuses du corps.

L'immobilité des deux femmes les avait jointes dans le même tube, un tunnel vertical reliant les entrailles de la terre à celles du ciel. Et de ce tube voulaient jaillir des formes. On voyait naître le fulmar, le bruant et le narval, le harfang, l'hermine et le bœuf musqué, le carcajou, la bernache et l'eider. Des têtes de toutes sortes, des yeux qui percent, des becs qui avalent.

* * *

Un soir, dans le rouge des flammes, Nuliaq planta son visage lunaire devant celui de Shashauan. Deux lunes se regardaient dans la même caverne granuleuse, et des lueurs remontaient des profondeurs. Nuliaq laissa la plainte de Shashauan se former dans sa gorge : un gémissement de veau marin qui venait d'un roc épais.

Shashauan laissa la mère inuite libérer son gémissement, celui qui s'était formé dans les caillots de son sang menstruel, là où le fond de son sexe rejoignait les entrailles de la terre.

Puis Nuliaq lui répondit.

On entendait maintenant les deux morses, face à face, qui délivraient leurs cris, qui déchiraient l'air épais du matin de leur plainte gutturale.

Entre la terre et l'Inuit, il y a la femme inuite. Lorsque vous entendez sourdre le vide des profondeurs, sa plainte et son désir, et toute la croûte terrestre résonner dans son tambour, vos os se mettent à gronder, votre crâne répond, et vos épaules se disloquent dans l'écho des montagnes. Tous les mots que vous connaissez bondissent comme une seule nuée d'oies blanches. Et sous leurs ailes se gonfle le verbe sacré qui forme le monde.

* * *

Quelques jours avant le chant de Nuliaq avec Shashauan, Silattuq avait raconté cette légende : au début du monde, un homme promit sa fille, Sedna, à un homme qu'elle ne voulait pas. Ce père s'appelait Agunta. Il emmena sa fille dans son oumiak, grande chaloupe en peau de phoque qui tient le cœur à la surface de l'eau autant qu'à la surface du ciel. Elle rend l'homme horizontal, séparateur et imperméable. Le fiancé, qui était supposément shaman, attendait sa promise sur une île entourée de baleines blanches. Sur l'oumiak de son père, Sedna gémissait, car un désir pour un autre homme remontait de son ventre. Toutes les femmes veulent un autre homme, plus grand, plus large, plus fort, plus puissant que celui qui leur est promis. Sedna cessa de retenir son désir : la mer se mit à trembler. Les vagues formèrent des cônes qui éclataient dans les airs. La mer bouillait, haletait, pantelait. Croyant que la tempête venait de la jalousie du shaman, Agunta jeta en sacrifice sa fille dans l'eau glacée pour l'apaiser. Mais, brûlante de désir, la jeune femme ne mourait pas : elle s'agrippait au rebord de l'oumiak. Agunta, craignant pour sa vie, frappa sur les doigts de sa fille au point de les sectionner. Les doigts cessèrent d'avoir peur des profondeurs ; ils coulèrent dans la mer en emportant toute l'amertume et la colère du désir de Sedna. Les doigts, libérés de toutes les peurs qui forcent l'homme à se tenir à la surface, formèrent les poissons, les phoques, les éléphants de mer, les baleines et tous les voyageurs des profondeurs, tous ceux dont la vie consiste à ressentir et à exprimer l'abîme intérieur. Mais le désir de Sedna, libéré des doigts, se mit à souffler encore plus fort dans la tempête. Et un jour, un homme osera entrer dans sa tempête pour être dévoré et renaître. Personne ne sait qui est cet homme. Mais, serait-il le plus lointain de tous nos descendants qu'il est déjà notre ancêtre premier.

La crainte de l'homme vis-à-vis de la femme ressemble à celle du marin qui ne sait ni nager, ni plonger, ni respirer dans l'eau. Alors, il tremble sur son oumiak, il est aplati par le ciel qui l'écrase sur la mer, et pourtant il est incapable de résister au vertige des profondeurs de l'eau et du ciel. Il veut entrer dans le tunnel sacré, devenir le caribou de la femme, et sortir nouveau, fils du ciel et de la terre, pour chanter la terre blanche.

* * *

Du haut de ma souche, en entendant la joute gutturale des deux femmes, je commençais à comprendre ce qu'était une Inuite. Je commençais à comprendre le mystère de Sedna, le mystère de la mer et du désir, et pourquoi l'homme court sur la glace entre les trous de phoques, à jeter le harpon dans toutes sortes de chairs, à crever des cœurs sur la neige, à crever son propre cœur, à vouloir étendre son sang sur la neige pour la féconder. J'entendais vaguement le chant de la terre blanche.

* * *

À cause des neiges transportées par la tempête, les murs de l'igloo ressemblaient à de la graisse de baleine, une épaisseur de graisse qui retournait et contorsionnait le chant des femmes au-dessus du kudlik. L'igloo gardait dans son sein la plainte ventrale des deux femmes. L'une en face de l'autre, elles faisaient vibrer le tube vertical qui propulsait la plainte des fonds marins dans l'air raréfié de la lune.

Alors que dehors Arvik rampait sur le lichen qu'il avait dénudé afin de connaître la position du caribou, pendant que Silattuq et Tshiashk mesuraient mutuellement les risques de leur rencontre et piétinaient dans toutes sortes d'hésitations, la mère et la jeune femme laissaient frémir en elles les colonnes qui relient les baleines aux étoiles.

Les chants de gorge font trébucher la course du temps, qui se dresse soudain comme un bouleau. L'énorme attente de la pierre, une attente de plusieurs milliers de saisons, s'entasse sur l'écorce du temps. Le roc nu a trop longtemps attendu sa fécondation. Au nord, il attend encore. Son désir est insupportable. Tous les peuples des plantes et des animaux remontent de sa gorge.

* * *

Arvik rentra au milieu de la nuit. Le serpent de son silence réveilla Shashauan. Lui se coucha. Mais il avait senti la chaleur femelle dans l'odeur de la jeune Innue.

Le moment approchait, il était là, entrouvert dans la nuit qui s'allongeait. Des troupeaux remontaient dans les cuisses de Shashauan et ne trompaient pas. Discrète et silencieuse, la petite Inuite qui gardait le feu restait plongée dans ses rêves.

Sedna s'invita dans l'igloo et tira sur la fourrure de Shashauan. Elle tira si fort que la fourrure glissa sur la neige en emportant l'Innue vers l'odeur de l'homme. Elle était maintenant contre lui. Elle regarda cet homme, son homme – car il n'y en avait pas d'autre dans toute l'immensité du bouclier de pierre et de glace –, et elle le trouva beau, paisible, puissant. Son oumiak semblait solide et impérissable. Elle voulut s'accrocher à cette surface flottante, sentir la paroi de l'embarcation sur l'eau. Pour un moment, elle y arriva. Il est si doux d'aboutir à la surface des mâles, de perdre un instant la profondeur, de perdre un moment le sentiment de l'infini pour agripper des épaules de pierre, un homme.

Arvik la fixa avec ses yeux d'orignal ; il riait presque. Les lueurs des flammes s'étaient arrêtées sur la bride de ses paupières. Son iris : on aurait dit un cercle d'épinettes dans un crépuscule violet. Shashauan s'accrochait toujours à sa barque. Et puis, elle se retrouva couchée dedans.

Les bras, la bouche, les jambes, tout son corps savait faire. Elle fut surprise. Elle n'avait rien à inventer. Son corps était tout entier un chant de gorge, le chant du monde.

Les fourrures ondulaient dans l'obscurité. Lentement. La flamme vacillait devant les yeux de la petite fille qui gardait le kudlik. Nuliaq souriait en pressant sa poitrine contre le dos de Silattuq. Dehors, le printemps ne pouvait plus reculer. Des glaçons pendaient du ciel. Les étoiles suintaient des gouttes de chaleur.

La nuit fut longue, silencieuse et sans vent. Lorsque le kudlik se mit à sourire sur le matin avec sa grande lame de feu, Tshiashk n'était plus là.

Six

Mon fils avait été bâti de pierre. Il y avait de la montagne dans ses épaules, il y avait du schiste sur sa poitrine, de grosses coulées de granit nouaient ses cuisses. Il remontait de terre comme une cheminée de volcan. Son dos massif se continuait dans sa nuque et toute la montagne tenait dans sa tête. Son cou était plus large que son crâne. Quel que soit le poids que l'on avait attaché à la bande du front, il pouvait lever la charge. Sa tête elle-même était une pierre sans fissure. S'il avait une idée, elle devenait aussi rigide qu'une gourde d'eau abandonnée au cœur de l'hiver. Tout devenait cassant à son contact, même le cuir du firmament.

Il tenait le ciel au-dessus de sa tête avec la main droite alors qu'il glissait la main gauche dans les bagages de la forêt. Les arbres se brisaient d'un seul coup de hache de pierre, il empoignait le gibier comme un enfant cueille des fleurs. Jamais il n'était revenu de chasse les mains vides. Devant lui, l'espace n'existait pas, sinon à la manière d'un panier plein. Il tirait sur les odeurs comme on tire sur la corde d'un harpon, et la bête venait d'un bon pied pour s'épargner la douleur. Tout le Nitassinan n'a jamais été que son corps qu'il ramenait vers lui, viande par viande, os par os. Les trous de son crâne, bouche, narines, oreilles, n'étaient que des ravins où tout revenait sur soi.

Mais en lui, la chute des choses dans l'abîme tuait le silence. Il entendait crier, alors que c'était le calme plat.

Des yeux, il n'en avait pas : ce n'était que le prolongement de sa volonté. Son regard s'en allait, mais il ne revenait pas. Il fabriquait des plans. Tshiashk voyait ce qu'il voulait, et ce qu'il ne voulait pas, il ne savait pas le voir. Il marchait dans un espace toujours aussi dense que le frasil, il investissait l'air et le ciel, l'eau et la terre. Pour lui, avancer consistait à fendre, et il ne comprenait pas ceux qui restent derrière la chair refermée du monde, ceux qui caressent le monde en courant sur sa peau douce et silencieuse.

S'il était au bord de la mer, les mouettes bondissaient de peur. Lui, il lardait l'air du couteau de ses ailes, il glissait sur les couches de graisse du ciel, tantôt très haut, tantôt à ras de mer.

Tshiashk, le goéland.

Il découpait le monde à tire-d'aile. Toute la peau grasse qui recouvrait la mer se divisait, les lambeaux pendaient dans la brume et lui plongeait dans les fissures, entrait comme un harpon dans la viande de l'eau en lui arrachant des gros morceaux de poissons.

En bas, les canots tanguaient dans la colère de la mer, ils chaviraient en emportant hommes et bagages. Mais lui, Tshiashk, restait enfermé dans sa seule volonté de goéland.

Le problème, c'est qu'il n'a jamais remarqué le prix de cette chasse, derrière laquelle, inévitablement, le monde devait se reformer. Tshiashk regardait derrière lui : tout était tranquille et à nouveau enclos. Il regardait devant lui : tout s'offrait comme une femme qui ne savait pas dire non. Au village, on pleurait son triomphe, on mangeait jusqu'à ras du gosier, on mangeait pour les morts et pour la santé de Tshiashk. Il prolongeait des vies en en écourtant d'autres, et personne n'osait faire le calcul, on savait, on pleurait.

Sa mère ne l'a pas poussé hors de son ventre : il s'est arraché d'elle une lune avant son heure. Ensuite, il a rampé sur le ventre de sa mère jusqu'au mamelon, qu'il voulait mordre.

Nous l'avons tellement aimé… Il débitait sa vie comme une viande et la recousait à nos veines, à nos nerfs et à nos cœurs. Les lanières qui nous attachaient à lui nous arrachaient la chair du dedans.

On doit dire pour sa défense qu'il partait seul à la chasse. Les autres suivaient. S'il accélérait, les autres accéléraient. S'il ralentissait, les autres ralentissaient. S'il longeait un gouffre, lui prenait la droite, les autres tombaient à gauche.

C'est d'instinct que j'avais accepté la proposition de Messenak de l'entraîner dans le Grand Nord, pour que l'Inuit et sa grande banquise de solitude viennent à sa rencontre, puis rognent la pierre de son être, la polissent. Seul un homme du Nord, habitué à l'air dur, à l'eau cassante, au froid de cristal, pourrait glisser son couteau rond dans les fissures, casser les coins et râper les saillies.

* * *

Il devait comprendre. La grande affaire n'est pas de pénétrer dans l'air, l'eau et la forêt pour engloutir de gros morceaux de chair et de vie avant d'aboutir soi-même dans le grand estomac de la terre. Ces houles qui se mangent les unes les autres, c'est le mouvement de base, une simple manière d'éviter l'éternité d'une forme, mais ce n'est pas encore la véritable vie.

Il faut regarder plus attentivement. L'eau d'une vague ne se déplace pas sur la mer. La vague, oui, mais pas l'eau de la vague. Un esquif remonte et redescend sans suivre la vague, car l'eau est immobile alors que l'onde s'en va librement, sans avoir à porter le poids de l'eau. Comprendre cela, c'est entrer dans l'élément de l'oiseau.

C'est seulement par l'onde que la vague connaît la largeur de la mer et sa longueur aussi, mais la profondeur et la liberté du ciel, elles, ne bougent pas. Les ondes se chuchotent les proportions de la mer, mais le cœur de la mer, le cœur du ciel, le cœur unique de tous les espaces, lui ne chuchote pas : il entend, il goûte.

Une leçon est cachée dans ce mouvement : les vagues gardent le sens des proportions seulement si elles écoutent l'onde et goûtent l'immobilité. Voilà la grande affaire : écouter la joie de l'onde, laisser les formes naître et mourir en paix, devenir la saveur du monde. ·

Qui veut retenir dans sa bouche et entre ses dents toute la bête étendue de la mer vomira. À l'inverse, qui se tient dans son cœur devient le contenant frissonnant des grandes marées de la nuit et du jour.

Caresser sans mordre. Préserver le sens des proportions. Garder la paix.

La paix n'engendre aucune émotion sensationnelle. Elle est la mer de tous les vrais sentiments. C'est pourquoi un chasseur qui a perdu la paix est un danger pour toute la population, et il est du devoir du père d'emmener au nord du Nord cet enfant dangereux avant qu'il ne se retrouve chef de village.

* * *

Silattuq avait accueilli Tshiashk; l'Inuit avait donné, l'Innu avait pris. Une mère et une fille avaient chanté dans l'ondulation du monde: chant de gorge, chant de phoques et de banquise. Mais Tshiashk avait écouté dans le but de gagner; il était donc perdu.

Pendant que Silattuq parlait, Tshiashk composait sa stratégie. Il gardait secrète son idée, qui durcissait comme l'eau dans le froid. Il avait son plan, son plan le possédait, un plan tout aussi indéfectible que tous ses autres plans. Un plan qui ne pouvait pas échouer, car lorsque la bouche demande à la main de venir à elle, la main y va, c'est tout. Et c'est tout le drame de l'homme: son corps suit sa volonté, alors qu'il faudrait le contraire.

Il était sorti de nuit alors que la famille inuite s'engourdissait dans l'odeur d'Arvik et de Shashauan. Il les savait dans la noce, déjà grisés dans l'ondulation des amorces. Pendant que Silattuq faisait rire ses doigts sur le ventre de sa femme, Arvik glissait une plume d'oie blanche sur les seins de Shashauan. Tshiashk était d'accord, il autoriserait le mariage; il voulait apporter le cadeau de noces, de la bonne viande de caribou, des os, de la moelle.

Il voulait cela maintenant. Et ce qu'il voulait maintenant s'était emparé de lui, comme l'hiver lorsque le frasil s'empare d'un poisson resté dans les étages superficiels de l'eau: le gel l'emprisonne, le fige dans son idée, et il devient cristal, il se réfléchit lui-même sur tous les miroirs de la glace. Il n'y a peut-être pas d'autres manières de faire échouer sa vie et celle des autres.

À peine dehors, il avait déjà repéré son chemin. En un instant, il avait déjà gravé la topographie subtile des dunes et des congères dans sa mémoire vive. Et les pierres sombres qu'avait fixées Arvik, et toutes ces lignes droites que l'on ne voit pas mais qui relient les pics dans un esprit transparent, tout cela était gravé sur la pierre de sa tête.

Il suivit le rayon de la lune, car il voyait une colline assez haute dans le chemin de la lumière. Il marcha jusqu'au matin, puis jusqu'à midi. Il arriva au sommet. Le feu du ciel chauffait la neige, qui mollissait. Des touffes d'herbes séchées sortaient des boursouflures qu'avait crevées la chaleur. La neige sentait le renard. Des nuages de mouches minuscules mangeaient des étoiles de neige.

Bientôt, des touffes de lichen allaient rouler sur les vestiges de l'hiver. Les verts et les jaunes, les mauves et les violets du lichen allaient absorber la chaleur du soleil et agrandir leurs trous dans la neige. Quelques épinettes trapues et rêches allaient se déprendre de leurs écailles. Les rochers mouillés, gris et noirs allaient sortir du ventre de la terre et boire de grandes gorgées d'eau. Tout ce qui s'était retenu de pourrir allait libérer son gaz. Tout ce qui s'était retenu de pousser allait libérer son parfum. Et l'odeur du pourri allait effrayer les odeurs fraîches, et les odeurs fraîches allaient chasser les odeurs du pourri. Ils se poursuivraient, ils se chatouilleraient, et tout allait éclater de rire. Bientôt…

Mais pas maintenant.

Tel qu'il l'avait prévu, Tshiashk flaira de la crotte de loup; il en trouva une bonne quantité dégelée entre des herbes. Il écrasa la crotte sur sa fourrure d'ours, sur son front et sur ses joues. Il se roula dedans. La nuit arriva. Il dansa, il hurla, il incarna le loup qui sortait de son puits intérieur. Il se laissa posséder par lui. Son nez dansait dans les odeurs.

À un moment, sous la neige, il entendit une musaraigne qui trottinait; elle s'arrêta et grignota de l'herbe dure. L'odeur se frayait un chemin à travers une neige qui se dissolvait dans la tiédeur de l'air. Tshiashk s'avança silencieusement sur ses quatre pattes, qu'il déplaçait deux par deux comme celles d'un lézard, puis il figea complètement. Ses oreilles bougeaient indépendamment l'une de l'autre, mues par des nuées de petits bruits. Ses narines se gonflaient, filtraient, palpitaient à la manière de papillons sur des fleurs.

Vite comme l'éclair, il plongea le couteau et toute la main dans la neige. La musaraigne lui échappa de peu. Mais elle l'avait confirmé loup.

«Tu entends, tu sens, tu plonges», lui dit-elle à l'oreille avant de s'enfuir.

Il s'assit, les genoux contre la poitrine, le nez levé vers la lune. Il hurla.

L'écho d'un froid lointain répondit, mais il ne l'entendit pas. Néanmoins, dans le silence, il y avait des flaques denses, trop denses pour ne pas être du bruit retenu. Il y décela la présence d'une meute. Elle n'avançait qu'au moment où Tshiashk aspirait. Dès qu'il expirait, elle s'arrêtait. Mais lui avait affûté son ouïe, palpait dans les flaques du silence, touchait les pensées du loup. Des pattes écrasaient le silence. Une odeur de chien mouillé approchait. C'était une femelle. Elle l'avait flairé. Il l'entendait flairer.

La meute restait derrière la femelle. Tshiashk laissa un peu de peur glisser sur sa peau. L'odeur de sa peur s'en alla dans l'onde de l'air, et la femelle y riva son museau. L'odeur revenait vers le chasseur avec la louve, qui croyait sentir un mâle, un loup d'ailleurs, un étranger, mais sentait aussi la charogne d'une bête qu'elle ne reconnaissait pas. Et lui, Tshiashk, tenait son couteau dans son poing serré.

Des crocs sortirent de la nuit dans un reniflement à peine perceptible. Tshiashk ne bougeait pas. La femelle releva ses babines pour attraper quelques gouttes d'odeur. Elle étira le cou.

Un couteau l'avait déjà traversée. La meute déguerpit dans le dernier gémissement de la femelle.

* * *

Tshiashk ouvrit l'animal et mangea son foie, et avec lui toute l'amertume de sa bile. Il coupa en fines tranches son cœur et les mastiqua lentement. Toute la journée, il ingurgita tout sans rien oublier, surtout pas la moelle dans les os longs et les gélatines du cerveau. Il se fit un collier de ses griffes et de ses crocs.

Le soir du troisième jour, Tshiashk n'était plus un goéland, mais un loup.

Il dansa, dansa jusqu'à tomber dans une transe profonde. Son estomac le poignardait de vertiges. Il tourna, tourna encore dans l'arceau de son étourdissement. Décoché de la fronde, son esprit avait rejoint la meute qui fuyait. Il se déplaça avec elle sur la sente du caribou.

Après cinq jours de marche, le troupeau se retrouva tout près d'une famille de caribous. Une mère creusait dans la neige avec son sabot pour aider son petit. Lui, insouciant, fouillait entre ses jambes, martelait son pis et tétait. La mère laissait faire. Les autres faisaient pivoter leurs oreilles. La mère n'entendait que la succion de son petit. Elle jouissait en fermant les yeux.

« Elle ne va pas l'abandonner », pensa Tshiashk.

La meute de loups le comprit en même temps que le chasseur : la mère hésiterait à laisser son petit. Trois loups firent un grand tour pour rabattre la famille de caribous vers Tshiashk, et un autre gros mâle se posta à côté du chasseur. Les deux attendaient dans un même coin d'ombre. Tshiashk lança son harpon sur la mère et son couteau sur le loup. Les deux tombèrent d'un coup. La mère se releva et déguerpit, mais la corde du harpon était attachée à une grosse pierre : lorsqu'elle arriva au bout, le choc fut si fulgurant qu'un gros morceau de poumon s'arracha de ses côtes. Le bébé caribou gémissait près d'elle en léchant son sang. Le gros mâle bondit, mais il avait déjà un couteau dans la gorge. Il s'écroula sur les pieds du chasseur. Tshiashk étrangla le petit.

Voyant la trahison, les trois autres loups se précipitèrent, furieux, sur le chasseur. Il les embrocha de sa lance. Mordu au bras, épuisé, mais encore debout, Tshiashk lança un grand hurlement en direction de l'igloo.

Au loin, le troupeau de caribous s'enfuyait dans un tremblement de terre.

Encore solide sur sa flaque de sang, Tshiashk lança un autre hurlement. Puis il éclata de rire dans les grandes murailles de sa fierté.

* * *

L'hiver n'était pas mort.

Tshiashk mangea le foie et le cœur de la mère caribou et de son petit. Il dépeça la viande et libéra les os. Son paquet était énorme. Le poids tirait de toutes ses forces sur la large sangle frontale. Malgré tout, Tshiashk porta la charge. Il l'éleva au-dessus des tertres de pierres et des carcasses de glace. Il avançait. Mais le dégel et le regel avaient acéré le névé. La glace jouait de l'épée avec les pieds du chasseur.

Évidemment, tout cela se passait sous lui comme dans un sous-bois que l'on piétine, car sa tête était trop haute, les oiseaux butaient contre elle; personne ne pouvait savoir que l'homme coulait. On entendait un bruit de mer et on respirait du varech. Le froid, lui, se moquait de la hauteur du témoin: il revenait d'un court sommeil, il s'étirait, il avait faim. Il n'était pas pressé, il avait ses nains qui travaillaient pour lui, avec leurs fouets à lanières bleues, leurs harpons en pierre taillée, leurs flèches à pointe de glace.

Tshiashk se frayait un chemin dans les plaisirs de sa douleur. Il était si heureux! Il imaginait les enfants inuits manger goulûment. La petite fille surtout, qui avait souvent faim. Et eux, les parents, ne faisaient rien. Attendre. Tshiashk inventait son sourire, et son sourire démolissait toutes les lunes qui se formaient dans son esprit. Des plaques lumineuses apparaissaient devant ses yeux. Et le petit garçon inuit aussi avait faim. Et le grand flanc-mou, le jeune chasseur… Bon! il apprendrait. Tshiashk allait lui enseigner quelque chose. Il pourrait peut-être pêcher, ou attraper des perdrix au collet… Shashauan ferait comme une femelle orignal sait faire aux heures tremblantes de sa nature, mais c'est son père qui ferait couler la graisse dans sa mémoire, c'est son père qui resterait l'homme… Et la mère inuite, elle était gentille, serviable. Elle savait faire, on dormait bien avec elle, mais elle commençait à manquer de lait, et son pauvre mari, tranquille et gentil, n'apportait rien…

Tshiashk avançait dans son rêve et sous la torture. Ce que le froid lui arrachait, il le reformait avec les matériaux de son rêve.

Ah, qu'il était heureux!

Il secouait sa propre chair de son dos comme un caribou s'ébroue après une longue traversée. Il crachotait du sang autour de lui. La charge était légère, de plus en plus légère, comme si le froid avait mis l'épaule sous le paquet de viande et levait et tirait avec lui. C'était maintenant tout l'air qui portait l'homme et son paquet.

*　*　*

«Ah! fils, viens dans mes bras. Si tu savais ce que je vois lorsque je te regarde! Si tu te voyais un seul instant dans les yeux de ton père! Mais tu ne peux pas. Tu te vois avec tes yeux à toi. C'est cela, ton drame. Viens! Je vais te porter. Tu arrives d'un très dur voyage. Repose-toi. Dépose ton paquet. Te voilà enfin. Je t'attendais depuis si longtemps!

– Mais, papa, comment es-tu arrivé jusqu'ici?

– Je vous ai suivis. J'ai toujours eu du plaisir à te suivre. Te regarder jouer, comme ça, dans la neige, ç'a toujours été mon plus grand plaisir.

« – Et maman ?

– Elle arrive. Toujours un peu en retard. Un canard, c'est un canard. Mais ne t'inquiète pas : son gésier est toujours plein de poisson. Alors, montre-moi ta viande ! C'est du bon. Tendre. Une femelle. Et la graisse… Étonnant pour la saison. Beaucoup de graisse. Quoi ! Tu as ramené tous les os longs ? Quelle merveille ! »

Mon fils déposa son paquet devant le wigwam et s'effondra sur la fourrure de sa couche. Son ronflement fit rire les iris qui frémissaient autour de la tente. Le soleil s'était débarrassé de sa toison blanche, un collier flambait sur l'horizon.

Comme il était bon de dormir dans la chaleur imaginée de son village et dans les bras réalisés de son père.

Sept

Cette nuit-là, à l'heure où il gardait le kudlik, Silattuq laissa sourire le feu. Il était assis, les jambes en panier.

Comme le feu, il se redressa d'un coup. Sa colonne se cabra tel un harpon. Sa lampe intérieure illumina son visage, et l'obscurité recula derrière lui. Silattuq : l'Inuit qui veut devenir sage.

Son esprit avait reniflé quelque chose, il était revenu comme un vent qui entre dans le feu, alerte et fougueux. Il avait touché une des franges de la grand-mère Nord. C'était loin, c'était haut, mais c'était indéniable.

Silattuq sortit de l'igloo et s'immobilisa.

Le vent arrivait d'ouest par bouffées très légères. Une nappe d'odeur dansa furtivement dans le nez de l'Inuit et repartit dans la direction du noroît. Dans le ciel, à l'est, une marée bleutée remontait sur les graviers denses de la noirceur. Quelque chose rampait, encore très loin, dans les gravillons du ciel. Un froissement passa au-dessus de la tête de l'Inuit.

Un fouet de froid claqua sur les joues palmées de Silattuq, ses rides s'élargirent d'espérance. Un instant, son nez fut aveuglé. Mais l'air tiédit, et l'odeur se laissa reconnaître. Au loin, en direction de cette odeur, le silence pétillait d'impatience en attendant l'aube. La marée bleue s'éclaircissait à l'est. Des ombres d'ailes léchaient des débris de glace.

Silattuq rentra dans l'igloo, tira son fils des chaleurs de Shashauan.

Et moi, je ris, car les yeux d'Arvik restaient endormis sur ses joues comme des lapereaux sur le ventre de leur mère. Sa tête titubait sur ses épaules. Shashauan, repliée dans son rêve, retenait sa cuisse.

«Les bernaches», souffla Silattuq dans l'oreille de son fils.

Arvik se déprit, sortit en coup de vent. Nu, droit, il attendait un signe. Il avait déjà décoché ses oreilles dans les hauteurs, elles filaient contre le vent et revenaient pleines de bruits. Ça piaillait par-là, devant, dans le noroît.

Il rentra s'habiller. Shashauan sentit un peu de semence couler sur sa cuisse ; l'odeur acheva de la réveiller. Le souvenir de sa nuit résistait entre ses bras, elle ne voulait pas le laisser partir. La nuit s'était passée comme un long rêve, aussi long qu'un printemps tout entier, alors que la mousse s'ouvre sous les pattes de l'orignal, que la sphaigne humide s'écarte pour laisser respirer la terre et que la faim cesse de solliciter les jambes et les mains. Alors que la terre suinte une eau noire et que toutes les fleurs minuscules du marais se mettent à fondre sur la langue de la femelle…

Mais lorsque Shashauan vit Arvik entrer, le froid du matin mordit dans ses épaules découvertes. Elle voulut s'enfoncer de nouveau dans sa fourrure, mais les deux enfants sautillaient déjà autour d'elle.

Alors, un grattoir traversa sa vision encore enfermée dans ses paupières. Il n'y avait qu'un cuir blême et nu devant elle, avec, en travers, une fissure de sang. Son cœur bondit. Une sueur froide coula sur sa poitrine. Elle entendit l'*a-honk* des bernaches. Ses yeux s'ouvrirent. Arvik n'avait pas fini de relever son pantalon. Shashauan sentit la mort qui revenait de chasse.

Je murmurai à son oreille : « Ne t'inquiète pas, fille. Tshiashk est toujours revenu d'une chasse, et jamais bredouille. »

Son cœur s'apaisa mais ne voulut pas quitter les vestiges de la mort qui rôdaient. Shashauan s'habilla et sortit avec les autres.

À l'horizon, une volée de bernaches tranchait le matin.

* * *

« Ho ! Regardez, là, en bas : des hommes ! » caquetèrent quelques bernaches.

Deux chasseurs, deux femmes, deux enfants s'agitaient autour d'un dôme de neige, à une journée de vol de la côte, sur la piste du caribou.

« Signe du printemps, plaisanta une bernache.

– Des perdus », ricana une autre.

Il y eut un moment de silence, puis un moment de tristesse. Les bernaches tentaient d'imaginer le voyage vers la côte pour des deux-pattes aussi démunis. Des jours et des jours pour faire l'équivalent d'une petite journée de vol.

Les discussions reprirent :

« C'est bien la seule erreur de la nature.

– Des bêtes nues qui ont besoin de la peau des autres.

– Des mains dégriffées qu'il faut armer de bâtons et de pierres taillées.

– Des coureurs médiocres, le tiers de la vitesse du caribou, des sauteurs médiocres, le dixième d'un bond de chevreuil, des yeux courts, le centième du regard d'un faucon, un nez fade, le millième de celui d'un chien, des tympans épais, des muscles de paille, une vie communautaire de dispute et d'hypocrisie, et surtout ce vertige devant l'abîme qui les fait courir après la mort.»

Leur piaillement remplissait le sifflement de l'air sous leurs ailes. L'air gris blanchoyait devant elles en ouvrant les lèvres de l'horizon. Mais, en bas, la noirceur tachait les hommes. C'était comme des fentes indéfinies. Une bernache rassembla ses forces et demanda à un ami qui traînait à l'arrière de la volée:

«Sage, dis-nous ce qu'ils font parmi nous. On dirait l'embryon d'une bête qui n'arrive pas à trouver ni sa forme, ni sa place, ni sa joie!

– Vous n'avez pas complètement tort, dit Sage en regardant en bas la famille qui tendait les bras vers eux comme vers des sauveurs. C'est probablement une espèce entre deux, des êtres transitoires, quelque chose comme le lézard, dont les ailes sont encore trop courtes pour voler, ou le serpent, qui traîne toujours les deux pattes de ses ancêtres, ou bien un poisson qui sort de l'eau et rampe sur ses nageoires avant d'avoir des pattes…

– Mais pourquoi n'aboutissent-ils pas? Avec de grandes ailes d'albatros, ils pourraient voler. Avec de grandes jambes de caribou, ils pourraient courir. Avec de bons crocs, ils pourraient chasser sans attirail. Avec un bon cerveau, ils pourraient au moins s'organiser ensemble, et s'entraider. Ce n'est pas juste. Il faut toujours qu'une espèce bien constituée sacrifie un peu d'elle-même pour les sauver. Faudra-t-il toujours le faire ? Qu'est-ce qu'on gagne à traverser leur tube digestif ? »

Et il y eut un début de rire qui secoua la volée de bernaches. Sage attendit le silence, puis il provoqua ses confrères et consœurs :

« Je pense qu'il faudrait les oublier. *Floc !* Les fesses à terre. Et ensuite, la paix universelle. »

Cette fois, la volée se mit à rire de bon cœur. Des zigzags traversèrent la formation en *V*. Et puis il y eut un autre moment de tristesse et un autre moment de compassion. Alors une certaine tendresse traversa la volée : la peau de ce bipède est douce et son intelligence bête est touchante. Ils sont comme des enfants perdus. Ils jouent avec toutes sortes de petites choses sans jamais percevoir la gravité de leurs gestes. Ils demandent simplement à être adoptés, soit par le caribou, soit par un oiseau de grande taille...

Dans le silence, une bernache ne resta pas insensible.

« Dis-nous, Sage. Dis-nous quelque chose que tu crois vraiment. Car, partout où nous tournons les yeux, chaque chose est à son maximum selon son contexte. Par exemple, le vide entre les étoiles est à son maximum de vide pour que les étoiles soient à leur maximum d'éclat. Si je pointe mon bec vers une petite pierre en bas, disons celle qui est rose, vous la voyez, elle est traversée d'une veine bleue. Cette pierre, elle est à son mieux et elle fait de son mieux. Lorsqu'elle pourra nourrir un lichen, elle le fera ; lorsqu'elle pourra allumer un feu, elle le fera ; lorsque la glace l'aura cassée en miettes suffisamment petites, elle finira par se retrouver dans le jabot d'un oiseau, ou dans une plante. Elle a toujours été au mieux de son être. Lorsqu'elle n'était que la poussière du soleil, elle pouvait être n'importe quoi. Maintenant, elle a une histoire énorme, avec mille souvenirs de soleil, de minéral, de plantes et de bêtes. Et elle est devenue ceci, et puis elle est devenue cela, toujours au mieux des circonstances. Partout en ce monde, il n'y a que le scintillement d'une même poussière qui est ici un rocher, là un lichen, plus loin un caribou, ou encore une hermine. Alors, si tout peut jouir d'être tout, mais une chose à la fois, pourquoi l'homme traîne-t-il toujours dans cette hésitation qui le maintient séparé de tout ? »

Et le silence arrêta de rire, il prit une tournure solennelle.

Sage parla :

« Oh ! Prétentieuses bernaches dont le langage se limite à treize piaillements distincts, je vous trouve un peu trop tassées sur vos grandes ailes volantes. En une journée de vol par beau temps et grand vent, nous passons de l'hiver au printemps, puis du printemps à l'été. En bas, nous voyons le monde patauger dans une sérénité de couleurs, les mulots trottiner d'un trou à l'autre, et l'herbe flamber par nappes jaunes et mauves. D'ici, tout est beau. Et les peuples d'en bas peuvent apercevoir cette larme de joie figée à la pointe de notre œil. De là où nous sommes, tout est égal. La petite pierre rose a été un peu tout : poussière autour du soleil, os dans le caribou, sève dans la plante, sel dans la mer. Puissant voyage. Tout a été tout et sera tout. Même toi qui plains l'homme, tu seras un jour, et peut-être aujourd'hui même, dans son estomac à espérer émerger au bord de son œil vide. Je te souhaite la jeune femme, là, qui cache mal son inquiétude et dont les yeux révèlent qu'elle est bourrée de semence. Ce n'est pas ce que sont les choses qui importe.

Car tout est tout. Bête ou pierre, homme ou bernache, qu'importe ? Celui dont la mémoire a été sectionnée se retrouve entre deux pans de mur, écrasé. L'homme a été ainsi sectionné par la lame de sa conscience. Il est là, écrasé, un petit paquet d'os et de chair, emmuré dans un court instant qu'il déplace misérablement d'une heure à l'autre. Nous, les bernaches, un jour nous aurons tout fait. Donc, nous aurons tout été. C'est ce que tu crois. Mais la vérité, c'est que nous sommes et nous serons encore mille fois rien, aussi rien qu'une nuit sans bruit qui attend l'aube. Car seul, rien peut devenir tout. Mais toi, bernache mon amie, peux-tu ressentir cela ? Peux-tu te constituer toi-même comme le sentiment de tout cela ? Cette jeune femme, là, qui n'est pas plus quelque chose que la petite pierre rose de tout à l'heure, elle, elle le peut. C'est toute son inconcevable faiblesse. C'est toute son inconcevable force. Je te laisse un simple conseil : lorsque tu seras de sa chair, évite les étroitesses que tu viens de manifester. Son sentiment à elle n'a aucun angle ni aucune limite. Si sa conscience a sectionné sa mémoire vitale et son unité joyeuse, c'est pour affleurer au-dessus d'elle-même et respirer enfin le parfum de tout ce qui est et sera. Et cela, elle le garde dans son ventre, elle en fait la matière d'un enfant. »

Cette parole précipita dans la bernache qui écoutait, et quelques amis, une envie irrésistible de descendre un peu plus bas.

Alors, ils virent ce qui semblait une statue de glace. C'était un Innu givré, mon fils, debout, avec une sangle en travers du front. La sangle était si enfoncée dans sa peau que des gouttes de sang perlaient sur des bouts de cheveux et tombaient comme des rognures vermeilles sur la neige. Dans son paquet, une odeur de graisse de caribou, une odeur impérieuse pour une bernache.

* * *

Les bernaches imprudentes furent criblées de flèches. L'arc encore à bout de bras, Silattuq et Arvik restaient figés devant la statue de glace : Tshiashk.

Les deux chasseurs inuits avaient cassé le rêve des bernaches sur le spectre gelé du chasseur innu. Les cadavres d'oiseaux gisaient devant une statue de glace. Des coulisses de sang capturaient les regards de Silattuq et de son fils Arvik. Ils refusaient de constater cette fatalité découpée dans un orgueil qu'ils comprenaient trop bien. Tshiashk était là devant eux, debout, mort gelé. Et les corps des trois bernaches imprudentes formaient un tapis de plumes devant la statue du chasseur.

Shashauan lança un hurlement de loup. Les yeux d'Arvik s'agrippèrent à deux mains sur les coulisses de sang qui se crispaient dans le froid.

Huit

La famille de Silattuq avançait difficilement, butait sur les glaces, retenait les chiens, s'enlisait dans le frasil, ressortait, repartait.

L'Innu n'était plus que souvenir.

La famille inuite, troublée et dépitée, avait entrepris son retour au Nord. Elle remonta un promontoire de roches glacées le long d'un sérac tortueux aux assises branlantes, et le traîneau s'arrêta.

Figées, les cinq paires d'yeux de la famille regardaient le plateau qu'elle venait de quitter. Les chiens haletaient, assis dans leur faim.

Au loin, devant eux, l'Innu dans un seul être : Shashauan.

Quelle séparation, le Nord retourne au nord, le Sud au sud.

Ma petite-fille chancelait dans le milieu d'un grand tambour de solitude.

Sa peine la faisait descendre puis remonter dans une coulée de pierres nues qui reliait le plateau à une gorge libre de glace. Elle cabotait de haut en bas dans son bateau de douleur, s'élevant et s'abaissant depuis la ligne d'horizon. Elle suivait l'onde de sa souffrance.

En bas, elle coupait des troncs centenaires et des branches rudes; en haut, elle construisait une plateforme de bois pour son père. Un travail colossal que la douleur amoindrissait.

Certains arbres qui poussent aussi lentement que des pierres sont hérissés d'accroches tranchantes, ils résistent à la hache en lui criant des noms. Shashauan s'y brisait les mains. Il lui fallut chercher de bons rognons de silex ou de quartzite, les tailler et les casser sur les arbres. Quand les rondins furent prêts, les courts pieux plantés dans la neige durcie, elle arracha des racines, les nettoya et les utilisa pour attacher sa plateforme. Avec des branches, elle fabriqua une rampe d'accès.

Ensuite, elle lava soigneusement le corps de son père. Elle lui coupa une phalange et nettoya l'os, qu'elle ajouta à son collier de dents de loup. Puis, elle roula le corps le long de la rampe et le hissa sur son lit de bois, qui n'était qu'à la moitié de la hauteur d'un homme.

Quatre jours et trois nuits de dur travail. Elle haletait, assise dans sa fatigue.

Charroyée dans son vaisseau de douleur, elle n'avait pas vu la famille inuite au loin. Mais l'Inuit était toujours là, comme tenu sur des perches, les yeux plantés dans le lointain.

Silattuq essayait de comprendre. Il n'avait jamais vu cette sorte de funérailles. Surtout, il n'avait jamais vu cette force de douleur, cette adresse pour tailler des haches et couper des arbres.

Arvik aussi fixait le lointain en regardant son propre cœur trébucher. Qui était cette montagne qui faisait des gestes d'homme?

Nuliaq et les deux enfants, silencieux, tentaient de ramener Shashauan dans leur regard. Mais la lumière revenait les mains vides. Une sorte de respect empêchait l'Inuit de rejoindre véritablement l'endroit où il avait planté les yeux.

Après son travail, Shashauan s'enracina dans la montagne de douleur, qu'elle avait enfin épuisée. Elle pouvait voir à nouveau, mais il s'était mis à neiger des flocons gros comme des merles. Elle se coucha dans les fourrures qui avaient appartenu à son père et qui gisaient à côté de la plateforme. La sueur se glaçait sur sa peau. Dans son ventre, le froid tuait la semence.

* * *

Tout était maintenant vide. Le clan des oiseaux, c'était elle perdue dans la neige, attendant les bons soins du froid pour finir cette course folle.

Elle pensa à l'Inuit. Il s'était enfui en se disant : « Plus jamais l'Innu. C'est un fou. Il agit seul. Il a fait fuir le troupeau pour une victoire personnelle. »

Shashauan était seule d'une solitude qui se mesurait à la grandeur de l'océan de roches et de glace qui l'entourait et à une absence particulière, plus grande que tous les Nitassinan de la terre, l'enveloppement de tous les enveloppements. La neige recouvrait les peaux d'ours qu'elle serrait sur ses épaules.

Elle attendait maintenant le loup, ses dents, son ventre, son esprit. Elle le voulait plus que le froid.

« Dévore-moi. Je serai louve. Je chasserai le caribou à pleine course, je le rabattrai sur la meute. Plus jamais seule. Je ne trahirai pas les miens. »

Elle dormit longtemps dans cette prière.

Puis elle se redressa.

La lune pelotonnait une grande boule de neige scintillante qu'elle roulait dans le brouillard. La nuit jetait de la cendre sur la lune. L'horizon s'était retiré de la terre. Les fjelds n'étaient plus que des miroirs du ciel, hâves et verticaux. À moins que ce ne fût la plaque tout entière du ciel qui avait pivoté, la tête en bas. On ne pouvait plus savoir. On ne voulait plus savoir.

* * *

Une odeur de viande et de graisse ouvrit les narines de Shashauan. L'odeur traversait les cavités d'un nez qu'elle ne reconnaissait pas; on aurait dit une caverne renifleuse. Elle sentit des muscles nouveaux et des pattes nerveuses. Elle avait perdu sa lourdeur à l'épaule. Elle n'avait plus de seins mais des mamelles sur le ventre. Elle trépignait en secouant sa fourrure.

Elle crut que c'était fait. Un loup l'avait dévorée.

Elle tourna ses oreilles à droite et à gauche et entendit des grattements de lemmings sous la neige. Alors, elle se mit à chanter à la lune :

« Grand-père Uhu, je sais que tu es là. Mon vol d'hirondelle s'est terminé cette nuit. Le clan de l'oiseau n'est plus. Vive le clan du loup ! J'ai été dévorée par un loup. Et mon espérance n'existe plus. Je suis libre de mon rêve, plus rien ne me sépare de toi. Viens, que je te croque.

– Fille, ma grande petite-fille, te voilà enfin arrivée.

– Garde tes distances, la louve aime la chouette…

– Ce ne sera pas si facile. Souviens-toi, la mousse séchée dans ta culotte de cuir… Aux plus beaux jours de l'automne, sur le ticipitakan, juste au-dessus d'un nid d'hirondelle, avec un grand-père qui faisait cuire de la viande pas très loin de toi et un père qui chassait pour toi… C'était un semblant. Maintenant, dans l'immense solitude de ces fjelds ravinés de rivières et défoncés de lacs, il y a toute cette bolée de monde, et toi au milieu comme un kudlik abandonné. Aucune atshen ne te mangera. L'estomac dans lequel tu t'agites, personne ne le connaît, et il ne nous digère pas. Il nous recrache devant nous-mêmes. »

Shashauan regarda tout autour d'elle.

Une mer de lait à perte de vue. Une grande fourrure blanche. Dans le brouillard et le vent, la neige s'étendait aussi verticale qu'horizontale. Toutes les couleurs s'y battaient à l'état d'ombres blafardes, d'infimes nuances. Le soleil s'était glissé derrière la terre, et la boule scintillante de la lune accentuait les teintes de la fourrure blanche. Partout, c'était le même manteau de neige, la même fenaison de couleurs imprécises et indécises, qui tiraient au bleu ou au rose, au vert ou au jaune, sans jamais pouvoir s'imposer.

« Qu'est-ce qui respire en même temps que moi ? se demanda Shashauan. Cette chose à l'haleine humide, pâteuse, résineuse dans laquelle je suis engloutie depuis toujours, celle qui me réchauffe et me refroidit, qui me démolit et me reconstruit, qui est-elle ? Je la sens. Je ne peux rien contre elle. Elle se regarde elle-même comme un baleineau. À travers mes yeux, elle se regarde. Elle a plongé toutes ses formes dans les abîmes. Et maintenant, elle se regarde, elle se plaint. Elle ne voit qu'une mer informe. Elle peut devenir un bout d'herbe, un bout de pied, un bout de n'importe quoi à partir d'une même chose molle et blanche. Alors, elle ne sait pas.»

«Qui suis-je? se dit-elle encore. Peut-être suis-je un arbre? Et elle efface l'arbre. Peut-être suis-je une montagne? Et elle efface la montagne. Peut-être suis-je Uhu? Et elle efface le hibou. Peut-être suis-je Tshiashk? Et elle efface le goéland. Peut-être suis-je Shashauan? Mais Shashauan ne sait pas. Alors, elle a assis Shashauan dans son haleine, seule.»

Et le hibou parla:

«Attends. Je t'en prie, attends encore un peu, car l'enveloppe de la solitude, c'est tout le ciel et toute la terre.»

Shashauan attendit.

La neige montait ses marées blanches sur son corps.

L'attente avait perdu son avant et son après, sa défaite et ses tourments. Shashauan était là sans dedans ni dehors. Simplement pleine de son silence comme une immense pierre sourde. Et tout tenait en elle, tout se tenait en elle, et tout tenait à elle. Cette solidité, Shashauan la goûta. Tranquille comme le visage cireux de Tshiashk, elle la goûta alors qu'elle mastiquait des morceaux de bernaches.

Neuf

Shashauan entendit des chiens au loin, très loin, comme un vent du soir qui veut tout ravaler dans seule goulée d'air.

Tshiashk remplissait l'haleine du vent. De son odeur fétide, il recouvrait sa fille, il l'enterrait.

Dans le cou de Shashauan, la phalange de son père tordait le collier de cuir comme pour l'étrangler. L'Innue suffoquait. Un moment, elle réussit à pousser le sifflement d'un cri qui lui traversa les entrailles. Le moment suivant, le cri éclata dans sa poitrine, on put à peine l'entendre.

« Arvik ! »

Le faible son s'était échappé de son cœur, brillait dans le silence braillard de la neige. Et la neige tapait dans ses mains pour l'éteindre.

Au loin, le jeune chasseur inuit écoutait de tout son corps tendu sur l'arche du ciel. Il était comme une peau de loutre étirée jusqu'à la rupture par des nerfs qui la rattachent au cerceau d'un tambour. Il sentait l'air trembler sur sa membrane de cuir et, derrière la membrane, il sentait l'herbe du printemps, la mousse et le lichen qui lançaient leurs couleurs dans toutes les directions.

Pendant qu'il sentait le printemps, une montagne lui poussait dans le dos pour le forcer à plonger à travers le cuir tendu de l'air.

Arvik regarda au loin la tache grise qui oscillait comme la queue d'un carcajou. Elle n'était peut-être pas si effrayante que ça, cette femme-montagne! De loin, elle ressemblait plutôt à une fissure dans l'opacité du monde. Mais il ne fallait pas s'y tromper : seule une montagne pouvait tenir ainsi face à l'infini. Et, quels que soient le printemps et l'été, la chaleur et tout ce que l'on voudra, Arvik le savait, jamais l'herbe ne se rend au bout d'une montagne. En haut, il y a toujours un mamelon intouchable, une zone perpétuellement vierge, blanche et impénétrable. On s'y perd éternellement. Et c'est cela qu'un homme veut : se perdre.

« Que je ne me trouve jamais ! Jamais ! »

L'esprit d'Arvik avait prié à son insu.

Il n'avait jamais si clairement formulé cette prière qui mûrissait depuis sa naissance, et peut-être depuis la naissance du premier mâle de la terre. Il y découvrait toute son espérance. L'espérance était encore vague dans son esprit, comme une agitation de mer, comme le goût d'être vivant et emporté par la mer. Ne pas se trouver était le seul moyen de vivre.

Il entra dans une étrange vision. L'esprit de Shashauan venait directement du cercle blanc qui se refermait sur elle, là, maintenant, et qui la couvrait d'un brouillard blême. Ce qu'il voyait dans l'espace reflétait ce qui se passait dans le temps. Shashauan était la fille de la neige. Elle était à l'image de la neige. Froide et blanche, elle irradiait toutes les couleurs. Chauffée sur le kudlik, elle devenait transparente et liquide. Brûlée par un feu ardent, elle s'évaporait en remplissant le monde. Elle était corps dans le froid et esprit dans la chaleur, et cela effrayait Arvik. Car le corps, les mouches le dévorent, et l'esprit, le vent le disperse. C'est pour cela qu'elle se soulevait comme une montagne, qu'elle respirait comme une montagne. Onde emportée. Elle voulait garder un cercle de blancheur que l'herbe ne pourrait jamais verdir. Un cercle, mais pas tout. Le reste, elle le voulait aussi fécond que la terre chaude des fonds d'un canyon. Et c'est pour cela que lui, Arvik, éprouvait pour elle le même sentiment qu'il avait jadis éprouvé pour une baleine géante qui l'avait stupéfié. Les six chasseurs étaient restés figés, le harpon au bout du bras, le cœur pétrifié. Ils n'avaient jamais encore vu une montagne vivante s'arracher à la mer, bondir au-dessus de l'eau et plonger avec tant de plaisir en éclaboussant les minuscules Inuits de déluges. Et lui, Arvik, s'était empêché de plonger dans son jeu. D'un seul coup, les chasseurs avaient compris que, si la mort n'était pas effrayante, aucun homme ne pourrait survivre à l'envie d'être dévoré par une baleine. Nous mangeons la chair des bêtes pour combattre le désir fou et secret de disparaître dans la bouche du monde, entre les lèvres définitives de la terre. La peur n'est qu'un rideau provisoire pour nous maintenir loin des baleines et des montagnes.

Arvik se retenait de plonger vers le cri qu'il avait cru entendre. Il se retenait à deux mains, mais le temps usait la corde. Finalement, les chiens décidèrent : ils coururent à toutes jambes vers le cri qu'ils avaient entendu et qui pourtant n'avait été qu'un sifflement.

Le komatik et la famille butaient sur les blocs de glace. Mais plus bas, la neige était épaisse. Seul le nez des chiens pouvait capter l'odeur fétide de Tshiashk. Les chiens couraient vers cette putréfaction d'où semblaient surgir les craquements du printemps.

* * *

Arvik n'était plus loin de Shashauan : à un jet de pierre. Il était entré dans l'odeur. Les chiens s'étaient arrêtés et restaient derrière, avec la famille. Arvik avait couru devant. Il n'y pouvait rien : il était aspiré par la montagne. Ce n'était pas une montagne ordinaire. C'était un gouffre à l'envers, le fond vers le ciel, un énorme gouffre qui s'arquait comme une baleine hors de l'eau, affamée et enjôleuse.

Et déjà la langue d'Arvik fondait dans la bouche de Shashauan, coulait comme un torrent dans un vide immense et pur dont elle ne saurait jamais revenir. Qui voudrait n'être qu'un petit tas de chair, un simple appât, un court repas ? Tous les chasseurs du monde espèrent remplir à ras bord la gueule effrayante de la nuit, la remplir jusqu'à la faire vomir. Non, je le jure, il n'y a pas de femme assez grande et assez puissante pour un chasseur. Plus elle le terrifie, plus il la veut. Arvik aspirait à Shashauan.

* * *

Tshiashk avait presque disparu de sa plateforme, emporté par des aigles invisibles et des corneilles paillardes. L'hiver avait mangé son dernier repas. Repu, car sa proie avait été formidable, il livra la terre au printemps.

Folle d'impatience, la chaleur creva la neige, jeta la glace dans ses huiles bouillantes, libéra ses eaux noires, roula sa pâte de lichen pour couvrir les grands plateaux de pierre, débarrassa les touffes d'arbres qui rampaient dans les canyons, réveilla les ours et toutes les bêtes des terriers. Elle charroya de grandes volées d'oies, fit détaler des nuages de sternes, elle avala d'immenses quantités de neige et vomit des torrents de pluies.

Et puis, elle alluma son kudlik sur un immense lac à l'est, que l'on appelle Uinipek, parce que c'est une mer intérieure.

Oui, Silattuq et toute sa famille, et Shashauan, et Tshiashk à l'envers dans la peau des oiseaux, virent, en pleine nuit, une aurore verte glisser comme un serpent dans les rideaux épais de la nuit. Ce qu'il y avait d'extraordinaire, c'était le moment et le lieu : au printemps et à l'est.

Pourquoi l'aurore appelait-elle la lune comme un loup solitaire ?

La réponse la plus simple était que la viande de caribou et celle des bernaches n'étaient plus que quelques excréments dont se gavait le lichen. Plus rien. Un petit paquet de viande séchée restait seulement, et les os longs. Rien d'autre. La route du nord, celle qui mène au village inuit, était trop longue et trop peu fertile. Un risque excessif.

Silattuq se souvenait : une fois, son père était parti vers l'est. Il avait suivi une grande rivière et s'était retrouvé près d'un énorme lac d'eau salée, l'Uinipek, qui gardait au chaud des poissons qui n'aimaient pas trop le grand large. La famille avait pêché en abondance, puis elle était revenue chasser le caribou sur les fjelds avant de regagner son village l'hiver suivant avec deux traîneaux pleins de viande, de graisse et de fourrures.

Tshiashk avait tué une mère caribou et son petit, mais il avait fait fuir tout le troupeau, qui s'était détourné du sentier. On les avait vus courir au loin. C'était comme une grande joie qui les quittait au galop, une joie qu'ils n'avaient même pas pu ressentir, elle n'avait pas d'emprise sur la déception. C'était la vie qui partait, tout un amas de forces. Cela avait couru à toute vitesse au loin. Mais c'était peut-être une réserve pour l'automne suivant, au moment où le caribou reviendrait de sa migration.

Alors, il était naturel pour l'aurore boréale de se retrouver sur l'Uinipek, dans un Nitassinan que l'on appelait Sheshatshiu, et dans lequel un peuple innu vivait de pêche autant que de chasse. Shashauan pourrait servir d'interprète ; Arvik lui glissait des mots doux dans les oreilles, et elle les comprenait de mieux en mieux.

* * *

Shashauan ne pouvait plus oublier cet autre matin, dans les ombres de l'igloo, alors qu'un levant de lumière venait de se fendre dans le bruit des bernaches comme une bille de bois éclate en répandant son parfum. Arvik l'enveloppait. Il avait fait une île dans la mer. Soudain, tout l'infini du brouillard avait tourné autour d'une île verte et dense d'arbres. Les baleines, plutôt que d'errer, s'amusaient autour de l'île. Les poissons se regroupaient en bancs. Les phoques se prélassaient au soleil sur des récifs dispersés autour de l'île. Les monstres de la mer plongeaient dans les abîmes en remontant des nuages de macroures. La vie dansait autour. Tout était ramené vers le centre.

Dix

Le traîneau s'était transformé en radeau. Les chiens peinaient dans des ruissellements qui les soulevaient presque de terre. Nous étions tous comme des grenouilles, les pattes luttant contre le marais, le nez haut perché pour respirer.

Sous nos pieds, l'eau s'infiltrait dans les fissures de la pierre ; là, elle courait comme le sang dans les veines, se chargeait de particules de terre et de pierre, puis entrait dans des boyaux de glace et de roc, plongeait dans les profondeurs. Elle roulait et rugissait dans les cavernes ossifiées du plateau. Elle enterrait l'écho effrayant des atshens qui faisaient bouillir des cerveaux de rats. Elle léchait des parois boueuses pour se nourrir, puis, fatiguée, elle s'infiltrait dans des nappes de limons pour dormir. Mais là, des racines venaient l'aspirer. L'eau montait dans ces cheveux creux, gonflait ces artères charnues qui l'écrasaient par-dessous et la faisaient remonter par spasmes. Elle entrait dans des troncs d'arbre gonflés de plaisir, des convulsions la menaient en haut dans les bourgeons cireux et, là, elle éclatait dans la lumière menstruelle du couchant. Descendant et remontant, l'eau participait à la fécondité de toutes les plantes.

C'était la terre printanière, un immense ventre recouvert de névé fondant, un tapis de glace qui se liquéfiait, des eaux qui rigolaient, des rigoles qui allaient et venaient, un soleil qui suçait les arbres, la remontée de la sève, la gerbée des bourgeons. Un ciel qui se gavait. Une fécondation qui retombait en couleurs. L'herbe fleurissait, le lichen s'illuminait, et tout le pelage s'offrait aux brouteurs.

Le fjeld était devenu un plumage multicolore infranchissable pour un traîneau à chiens. Les yeux de Shashauan scrutaient les baissières et les failles. Le soleil s'était couché dans une flamme mauve. La couleur se taisait, mais le ciel luisait toujours.

Il fallait trouver une issue. Toute cette beauté sentait la famine.

Là, dans un ravin, au milieu d'une cédraie, un bosquet d'épicéas ; au cœur des épicéas, cinq bouleaux giclaient de bonheur. Une sève cireuse et miellée glissait sur l'écorce lisse. Les bouleaux brillaient dans la nuit, si épaisse qu'elle tordait le moyeu de la lune.

Shashauan se dressa sur le traîneau. Les chiens venaient de bifurquer pour aller s'asseoir au sec. Ils étaient épuisés. Silattuq comprit que l'Innue voyait quelque chose qu'un Inuit ne pouvait voir. Elle semblait percer un mur, y glisser le bras et revenir la main chargée de poissons. Qu'avait-elle vu ?

En bas d'un ravin, tels des éclairs gelés dans leur propre lumière, les bouleaux lézardaient une grosse lune rouge qui se réfléchissait sur la falaise derrière. La lune avait fait son travail : elle avait plongé dans le gouffre et s'était écroulée derrière l'horizon. Mais les bouleaux restaient encore brûlants de lumière : on aurait dit qu'ils avaient mangé des morceaux de lune et que, maintenant, ils les suaient à la manière d'un kudlik.

La famille construisit entre ces arbres lumineux une hutte de pierre et l'habilla de peaux.

Shashauan s'assit sur la hutte avec un des chiens, qui se mourait d'épuisement. Le chien sifflait dans sa fourrure. Le ronflement de la famille réchauffait les peaux sous elle.

La mort du chien la rassura.

* * *

Les premiers rayons du matin commençaient à nettoyer la forme des bouleaux. L'Innue étudia le détail, la longueur et la largeur des troncs, la hauteur des premières branches, la souplesse apportée par les nouvelles sèves. Elle tira vers elle les chuchotements du vent. Elle écouta la conversation des arbres. L'odeur du cèdre et de l'épicéa s'enchevêtrait dans les murmures des bouleaux. Mais c'était bien l'odeur du Nitassinan innu. Une île innue dans la solitude de la mer des roches, comme si des morceaux de la peau et des graisses de son pays avaient été dispersés par un géant dans ces contrées désolées. Au fond des canyons, des pousses de son monde.

C'était là une force inouïe, chargée d'échos d'enfants, de sueur de chasseurs, d'haleines reconnaissables. Et cela faisait fondre sa solitude. Devant elle, ce n'était pas que cinq bouleaux qu'elle percevait, mais un gros morceau de chair innue encavé dans le plateau sans arbres de l'Inuit. Et cette chair tendait vers la grande rivière, et la grande rivière tendait vers l'Uinipek, et le grand lac salin dévidait ses eaux dans la mer, et là, sur le bord de la mer, d'étranges Innus vivaient dans des lambeaux de taïga. «Uhu m'a raconté...», songea Shashauan.

Et puis, elle se mit à penser que la vie était transmise par le sexe. Les bouleaux pointaient encore leurs membres vers le ciel, mais ils avaient tout donné. Et la lune était partie chargée de semence. Elle allait revenir de plus en plus grosse errer autour de ses amants, qu'elle multipliait. Et elle irait mettre bas un peu partout. Dans la mer, ce seraient des baleines et des phoques de toutes les espèces; dans le ciel, une volée d'oies blanches, de bernaches ou de sternes; dans la terre, une montagne couverte de neige. Mais aussi tant d'autres créatures à l'image de ses amoureux. Qu'importe la manière, les ventres formaient les mille façons de la vie, comme s'il fallait ouvrir toutes les possibilités et les étaler dans le flux des proies pour qu'elles se renouvellent et se réinventent. Et ces mille dispositions de la vie retomberaient par grands jets de semence sur le ventre de la terre et participeraient à sa floraison continue.

En ce moment, la vie ressuscitait dans les odeurs, remplissait les narines de Shashauan, lui ouvrait des yeux, éclairait son intelligence et gonflait ses muscles. Une chouette, pas très loin, tourna sa tête vers elle.

«Uhu, me chuchota-t-elle, va-t'en un peu. Laisse-moi seule un instant.»

Je retrouvai mon énergie et m'en allai un peu plus loin.

* * *

Shashauan sentit l'énorme permission qui venait de soulager ses épaules. Il pleuvait sur elle une lumière en plumes de perdrix blanches. Dans la chaleur de l'air, la permission creusait un tunnel. Elle sentait que, si elle empruntait ce tunnel, le poids et la fatigue, la faim et la lassitude allaient rester sur la hutte, et elle, elle marcherait libre.

Shashauan pouvait sentir le tube de la paix : près des parois, son corps était lourd comme celui de l'affamé, mais au milieu, elle voltigeait mieux que l'hirondelle. Un conduit de légèreté qui menait où ? Elle ne le savait pas. Mais c'était son chemin.

Elle tira vers elle mon approbation : le silence de la chouette qui s'était enfuie. Elle descendit dans le tunnel en drainant avec elle ce silence. Elle se retrouva à côté des cinq bouleaux. Sa hache ressemblait au corbeau, coupante de l'aile, agile du bec.

Shashauan rassura les bouleaux par une chanson qui se composait toute seule :

Nous allons courir sur l'eau.
Je vous délivre et vous me délivrerez.
Je vous porterai sur mes épaules
et vous me porterez entre vos flancs.
Nous irons dans la terre des poissons
manger un grand morceau de chair rouge...

Et le plus gros des bouleaux s'inclina.

Pour lui éviter la souffrance, Shashauan fit le tour de sa peau nerveuse avec son ulu tranchant. Elle s'aidait d'un maillet de bois pour enfoncer le couteau en profondeur. Elle sentit l'arbre se cabrer, puis s'abandonner à une anesthésie grisante. Alors, elle planta sa hache dans l'os du bois. Elle ne lui laissait pas le temps de reprendre son souffle. Il cédait par gros éclats. Il se coucha sur ses plus fortes branches. Elle lui cassa les bras. Il lui donna son âme.

Elle fit une longue entaille pour le délivrer de sa cuirasse. Son membre était découvert, et il pleurait. Elle entendait son gémissement :

« Où vas-tu avec mes forces et mes semences ? Où vas-tu avec mon corps ? Qui sera le peuple que tu feras grossir de ton lait ? Qui me respectera ?

– Moi, je te respecterai comme mon enfant, tu seras mes genoux sur l'eau et ma maison sur la terre. »

Et il lui donna sa confiance.

Lui qui avait si longtemps cherché du bout de ses racines une source fiable pour l'eau et la nourriture, lui qui avait creusé tellement d'années, lui qui s'était faufilé entre des pierres, lui qui avait connu tant de déceptions et d'échecs, il avait finalement trouvé son lieu, dans le fond de ce canyon. Mais ce n'était pas tout : il avait fallu grimper jusqu'au soleil, et plus vite que les épicéas qui le menaçaient, étendre ses feuilles le plus haut possible, boire un à un les bols de soupe claire que la lumière du Nord lui offrait, se contenter de si peu, et en échange participer au goutte-à-goutte de l'éternité, grandir à peine du bout d'un ongle chaque été. L'hiver, sans fin tenir contre la glace. Et voilà qu'il était maintenant dressé dans un immense silence, aussi large que le vol d'une oie blanche, vide, ou plutôt plein d'impossibilités d'être abattu… Et tout cela pour qu'une jeune Innue, complètement perdue hors de sa terre, lui demande sa vie, avec à peine un instant pour réfléchir et se résoudre…

En échange de ce don, Shashauan lui donna, elle aussi, sa confiance. Elle lui conféra une responsabilité énorme : il porterait une famille remplie d'espérance sur une rivière folle du printemps. La route serait périlleuse, ce serait comme un fil au milieu d'une gueule de rorqual. Toute sa force, il devrait désormais la mettre dans la légèreté, l'abandon et l'attention…

* * *

Le dégel. La terre s'ouvrait, les énormes bras du soleil sortaient par les trouées pour remonter les brumes, les brumes dansaient avec les vents nouveaux… La lune refusait de quitter le soleil pour que lui, le bouleau qui avait cessé de relier la terre au ciel, lui qui était tombé et que Shashauan avait écorché, pour que lui, l'arbre blanc, ne donne pas sa vie, mais la façonne autrement et relie une famille humaine à son destin par la route de l'eau.

Son écorce devenait une peau sacrée ; son bois, des os sacrés ; sa sève, un sang sacré. Shashauan allait porter un enfant du ciel et de la terre, un enfant plus vieux que moi, son grand-père, mais plus pur qu'un bébé d'un jour. Elle le porterait comme un grand chapeau, il la porterait comme un petit oiseau, le plus loin possible. Ils iraient en direction d'un pays vert, d'un Nitassinan crevé d'épinettes noires et de faux-trembles.

« Je jure de ne jamais t'abandonner. »

Ils avaient tous les deux dit la même phrase, par les mêmes mots, par la même bouche du silence.

* * *

Shashauan roula un grand parchemin d'écorce. Elle redescendit. Elle recommença. La fatigue et la faim n'avaient plus de pouvoir sur elle.

Silattuq et Arvik, qui la surveillaient depuis un moment, allèrent se laver dans la rivière. L'eau était froide, mais l'air était doux. Ils se frottèrent avec des mousses arrachées à la roche et se rhabillèrent en disposant des aiguilles d'épinette dans leurs vêtements. Ils dirent dans leur langue :

« Nous dégageons maintenant l'odeur de l'Innu. Nous pouvons t'aider. »

Elle coupait, ils transportaient. Elle demandait, ils obéissaient. Le travail allait bon train.

* * *

À la fin du deuxième jour, deux grandes feuilles d'écorce étaient étendues sur des pieux qui les tenaient dans une forme de cosse de fève. D'autres morceaux d'écorce étaient là, à côté d'elles, prêts à être cousus. Plus loin, des branches avaient été équarries, mouillées et pliées en arceaux ; elles étaient encore attachées à des piquets. Tout ce qu'il fallait pour deux canots.

Nuliaq et ses deux enfants avaient déterré de longues racines d'épicéa qu'ils avaient fendues en lanières et qu'ils laissaient tremper dans un ruisseau. Silattuq et Arvik avaient coupé des branches de cèdre sans nœuds qu'ils avaient écorcées et enfoncées dans la boue.

Le troisième jour, Shashauan et Nuliaq cousirent les écorces de bouleau. Le soir même, Shashauan fendit le cèdre en fines membrures. Silattuq et Arvik étaient stupéfaits devant l'agilité de l'Innue. Ils n'avaient jamais vu du bois frais se donner ainsi, et à une main aussi agile.

Lorsque les morceaux d'écorce furent cousus, Shashauan inséra les arceaux un par un. Elle les coupait à la hauteur des bords et les intercalait dans la lisse. Ensuite, elle glissa entre les arceaux et l'écorce les membrures de cèdre. Les membrures se chevauchaient et chacune était biseautée pour rester à plat. Elle inséra les planchettes servant de bancs en leur taillant une place dans la lisse. Ensuite, les bords de l'écorce furent rabattus vers l'intérieur et ourlés avec de la lanière de racine.

Le quatrième jour, dans une pierre creuse chauffée par un feu de bois, Shashauan brassa l'enduit fait de résine de sapin mélangée avec les derniers restants de graisse de caribou. Elle s'entailla le bout d'un doigt pour y verser une goutte de son sang. Puis, elle imperméabilisa toutes les coutures.

Ce soir-là, on chanta jusque tard dans la nuit pour donner vie aux canots.

Puis, tout le monde s'endormit dans la hutte de pierre, laissant les canots reprendre leurs esprits à partir de toutes les composantes étranges de leurs nouveaux corps.

Le sixième jour, Shashauan grava une hirondelle sur le nez busqué de son canot. Et le canot frissonna sous sa main. Sur l'autre, elle grava un ours blanc.

La petite meute était prête à se lancer sur la rivière, avec des perches devant pour éviter les écueils et un aviron derrière pour assurer la direction. Inutile de ramer : la rivière ressemblait à un troupeau de chiens affamés pressés de rejoindre leur village.

* * *

La grosseur des bouleaux n'avait pas laissé le choix à Shashauan : deux petits canots plutôt qu'un seul grand. Comment faire entrer Arvik et Silattuq dans ce mouvement qui tient de l'eau et du canard? Elle fit comme je lui avais montré.

« Qui êtes-vous ? » leur demanda-t-elle avec les quelques mots inuits qu'elle connaissait.

Silattuq dansa et mima : « Je suis l'ombre de la lune : lorsqu'elle va vers l'ouest, je vais vers l'est. »

Shashauan comprit qu'il saurait mener le canot par l'arrière.

Arvik donna à Shashauan la petite statue qu'il avait terminée : sa vision de Sedna, et il entreprit son mime : « Je viens des profondeurs de la mer. Mes muscles ont l'instinct de l'eau. Je peux respirer les poches d'air que j'enferme sous mes aisselles. J'enduis mon corps de graisse de phoque, et le froid ne m'atteint pas. Je suis l'ours nageur… »

Shashauan comprit qu'il pourrait éviter les écueils avec la perche.

Les deux hommes se couchèrent et s'endormirent dans leur canot. Le rêve ferait le reste.

* * *

Le lendemain, ils se lancèrent sur les eaux. Shashauan devant avec sa longue perche, Nuliaq derrière avec l'aviron, les enfants entre les deux. Dans le canot arrière, Arvik avait pris l'avant, son père l'arrière et, entre les deux, les chiots ; les chiens adultes allaient suivre sur les rives. Le bagage était partagé, et il fallut démonter le traîneau, recouvrir les défenses de morse et le bois de mer taillé pour qu'ils ne brisent pas l'écorce de l'embarcation.

Onze

Il n'est pas toujours possible de survivre aux exaspérations d'une rivière qui ne fournit pas dans son travail. Il y a trop d'eau à descendre. Elle multiplie ses bras, dédouble ses muscles, ses mains prolifèrent par milliers, ses doigts pullulent... Elle renverse ses gourdes, décharge ses paniers, elle va d'écuelles en cuvettes, de bolées en citernes, elle trébuche, dégringole et bascule dans une dérive infernale. Elle creuse des récipients toujours plus énormes et, lorsqu'elle n'en peut plus, elle balance tout dans le même torrent, qui mange la terre, casse des arbustes, emporte des tas de caillasses et de pierraille. Elle a beau être rapide, elle ne fournit pas : elle déborde, s'affole et s'en prend aux moustiques qui grattent sa peau. Perdu sur une telle fureur, on ne peut survivre que si la rivière nous oublie.

Si l'on veut se confondre avec les arbres déracinés qui la dévalent à demi noyés, on ne peut se permettre la plus petite hésitation. Un œil regarde au loin sans jamais perdre le fil de l'eau, alors que l'autre étudie la trame immédiate des remous et des pierres. De petits mouvements seulement, juste assez pour éviter l'écueil sans jamais placer le canot en travers. La perche sauve l'avant.

L'aviron réagit pour enfiler l'arrière dans le sillon de l'eau.

On glisse, on abandonne, on se laisse prendre, soulever, abaisser, sans jamais cesser de lutter contre les affleurements du roc. Tout est décidé par l'eau, sauf les minuscules inflexions transversales. Et encore, il ne s'agit pas de décider, car le temps manque : il s'agit de laisser les sensations travailler. Si la peur s'en mêle, une hésitation peut provoquer la catastrophe. Le plaisir seul peut s'enfiler dans une telle avalanche comme dans son élément. Mais comment laisser libre le plaisir dans un si grand danger ?

En se riant de la mort, comme l'avaient fait la mère et la grand-mère de Shashauan. En riant avec la mort, car elle n'aime pas que l'on rie d'elle.

Mais attention ! Lorsqu'un silence se met debout comme un hiatus dans le tumulte hurlant des vagues, on doit passer à l'étude de l'eau. L'avironneur est un peu plus libre ; il scrute plus loin, ausculte la chevelure de l'eau, le décalage de la perspective, et s'il crie « Une chute devant ! », on tente une périlleuse manœuvre d'accostage.

Il aurait fallu attendre que la rivière perde un peu de sa première rage, mais il n'y avait plus de réserves de nourriture. Il n'y avait rien à chasser dans les hauts plateaux, et les poissons de la rivière se cachaient sous les pierres, en attendant que l'eau décolère. Quelques jours de plus, et les forces de la petite troupe auraient manqué. Il fallait utiliser dès maintenant les dernières énergies de la famille, pas possible de faire autrement. L'homme lui-même est une rivière d'énergie qui a ses propres lois. Il fallait que cette rivière profite de la dégringolade des eaux pour qu'ils arrivent le plus vite possible dans l'Uinipek.

Que l'on y pense ou pas, la vie se glisse entre les différentes formes de la mort. Entre mourir de faim ou mourir noyé, il fallait se frayer un chemin, il fallait combattre.

Par bonheur, dans la première section de la descente, l'eau n'avait pas encore tout son élan. Elle hésitait dans des boues qu'elle arrachait des rives, et des racines la retenaient à tire-bras. Arvik et Silattuq entrèrent dans l'art du canot avec toute la mémoire du kayak et des vagues d'une mer montante. La joie de l'eau déjà les emportait. Ils rigolaient dans le courant, se dandinaient sur la rivière sans quitter son fil. La lumière moirait leur visage et le vent parlait dans leurs cheveux.

Nuliaq apprenait à la vitesse de son instinct rivé sur la vie de ses deux enfants. Shashauan lui avait recommandé de tenir l'aviron plutôt lâchement. Il fallait simplement suivre l'eau. C'est elle, à l'avant, qui veillerait à éviter toute brusquerie. Elle y allait de petits mouvements d'araignée, devinant les meilleurs chemins comme si des poissons lui chuchotaient à l'oreille le nom des pierres les plus dangereuses.

C'était une joyeuse glissade, un plaisir hautement nécessaire. L'autre fleuve, le fleuve englobant, le fleuve suprême qui emporte tout, respirations, pulsations du cœur, serrements de gorge, n'est jamais rien d'autre qu'une dégringolade, un écroulement, une chute. Et elle, la chute, le museau en l'air, elle qui crache sur tous les grouillements de la terre, elle doit bien savoir ce qu'elle fait. Sinon, qui le sait ?

* * *

Devant eux, trop loin pour que son tonnant ne leur parvienne, une gorge grande ouverte engloutissait la rivière, formant un énorme torse d'eau. Dans les nœuds de ce torse, l'eau était si tassée sur elle-même, si dense que la lumière s'y reflétait comme sur du mica. Des cheveux d'argent rebondissant sur une masse verticale.

En bas, l'eau se fracassait et, ensuite, faisait remonter ses esprits en lambeaux. En aval, une grande cuvette noire réfléchissait le ciel. Un monstre de roc, tourné franc sud, se baignait dans une verdure de mousses, de cèdres et d'arbustes. Il devait avoir de grands bras invisibles, car il déchirait les brumes et les nuages devant lui, afin que le soleil le transperce. Cela lui donnait de la vigueur. Et il éclatait de rire dans l'abattement des eaux.

Dans la cuvette pataugeaient quelques gros oiseaux migrateurs. C'étaient des cygnes siffleurs, des éclaireurs sans doute, qui connaissaient parfaitement la région et qui avaient pressenti le printemps hâtif. Ils pêchaient dans l'abondance, car aucun poisson ne s'imaginait remonter la chute ni n'osait redescendre dans les fureurs du torrent. Ils étaient captifs. Et les cygnes siffleurs se gavaient.

Justement arriva le moment où les cygnes furent repus et figèrent tranquillement sur le gisant du miroir. C'est là qu'un frissonnement fit sortir de sa cachette un hibou qui dormait. Il claqua de l'aile dans les tonnerres de la chute et s'en retourna sur sa branche.

Un des cygnes siffleurs, le plus grand et le plus audacieux, s'envola et tourna autour de la colonne d'air qui s'élevait devant la chute. Il sortit à travers les cheveux de brume du géant. Et là, il vit deux coquilles d'écorce de bouleau dévaler le torrent. Sur l'écorce, des humains totalement concentrés à éviter les écueils immédiats, l'un avec une perche, l'autre avec un aviron. Deux femmes avaient placé leurs petits au milieu de la coque. Dans l'embarcation précaire des hommes, des chiots dressaient le museau à travers un fouillis de fourrures. Ces pauvres gens affamés rampaient dans le creux des sillons de l'eau. Enfermés par ses explosions blanches, ils ne voyaient rien. Ils allaient certainement plonger dans le gouffre.

C'était pathétique.

Au-dessus de la rivière, l'énorme masse pâle du ciel râpait les fjelds en travers des canyons, avançant d'un seul tenant, tel un glacier. Ses rainures rosâtres et azurées ne descendaient pas dans d'aussi insignifiantes gerçures de la terre. On aurait dit une dalle de marbre portée par des mille-pattes. À la hauteur de ces titans, les rivières et les petites brindilles qui les dévalent n'existent que pour aérer leurs mille pieds tout au long de leur portage solaire.

Ils en étaient à midi, et la boule jaune qu'ils roulaient entre leurs épaules semblait plus lourde que jamais. Ils n'avaient rien à faire des deux coques de bouleau, de cette famille et de ses chiots braillards.

Les rochers de la falaise dressaient leurs têtes de pierre de chaque côté de la chute ; malgré cela, ils ne pouvaient rien voir de ce drame, qui n'était rien à l'échelle colossale de ces crânes de granit. Ceux-ci ne se rendaient même pas compte des saisons. Les siècles les usaient à peine, et la rivière se calait toujours un peu plus dans le resserrement de leurs bretelles. Ils grattaient la toison du ciel avec leurs crocs en l'air. Savoir si les écailles d'un bouleau auraient des poussins cette année, ce n'était pas leur affaire.

Le cygne siffleur, lui, sentait l'épaisseur de l'air se raidir dans la lumière de midi, et son pas fatigué, et son poids lourd, et sa grande torpeur dans le trop vaste infini de sa course. L'oiseau fendait l'air. Il siffla de toutes ses forces dans le tonnerre qui remontait d'en bas, un sifflement aigu pour percer le tonnerre de l'eau.

* * *

À ce moment-là, Arvik leva les yeux et vit devant lui le cygne siffleur sorti de la rivière.

Il se dit en lui-même qu'un tel oiseau ne pouvait pas être là, dans les tourbillons de l'eau, puis simplement s'envoler, s'élever dans le seul but de regarder un grand morceau du monde. Ce n'était un endroit ni pour pêcher ni pour se reposer. Non, il sortait de plus bas, d'une cuvette noire dans un fond vertigineux.

Une spéculation plus rapide que les rapides. Arvik sentit le danger dans tous ses membres et cria :

« Une chute devant ! »

Shashauan se retourna, et elle lut dans ses yeux affolés un amour plus grand que la terre. Car, à ce moment-là, Arvik avait décidé que, si Shashauan plongeait, il irait la rejoindre. Cette décision, elle la recueillit dans le sourire de l'Inuit, qui était pour elle et pour personne d'autre. Le jeune Inuit bondit donc vers sa destinée, comme pour lui faire des enfants qu'il aurait ensuite lancés, là, dans ce jour, sur les bords fertiles de la rivière, dans des champs de lupins et de pavots jaunes. Arvik mordit dans les chairs de l'air. Et, dans ses yeux, il y avait un sifflement qui, comme celui du cygne, perça le tonnerre de l'eau.

Les deux canots réussirent à rejoindre le bord juste à temps, retenus entre les têtes d'un rocher noir qui regardait le vide.

Devant eux, le gouffre énorme haletait, et sa langue blanche frappait un grand bol d'eau noire, où elle rebondissait en verdures nouvelles.

Hommes, femmes, enfants et chiots étaient si tassés les uns contre les autres que toutes les frontières avaient éclaté entre eux. Silattuq et Nuliaq avaient pris Shashauan pour fille, et leur fils, qui finalement avait triomphé du froid et des épreuves, s'était enraciné en elle. Shashauan sentit sa solitude crever dans les tonnerres de la chute. Le nombre ne fait jamais rien contre la solitude, mais la fidélité resserre l'Innu sur son tronc ancestral. Et la chute, sa masse et ses futurs mortels avaient rassemblé des tas de fidélité très denses dans le cœur de cette étrange famille.

C'était tout un peuple qui était là, la mort à ses pieds, la vie devant lui. Shashauan perçut l'oiseau qui tournoyait dans la bruine montante. Le cygne siffleur avait transformé ce qui aurait pu n'être qu'une chair déchiquetée en un peuple fièrement debout. Un peuple que l'on ne voyait pas encore, mais qui se pelotonnait dans un ventre contracté, celui de Shashauan.

Le cygne tourna un long moment au-dessus de leurs têtes, puis il s'en alla au loin avec ses compagnons de voyage.

* * *

Un incroyable goût de vivre avait serré le cœur de la famille humaine. Dans le creux de ses poings, Shashauan sentit la nervure de la vie qui passait. Elle était l'un des passages obligés, comme si le fleuve avait besoin de traverser son âme autant que les rochers.

Tout cela, cette grande bête, c'était sa nécessité à elle. Il n'y avait pas de place ailleurs. Il fallait composer avec ces éléments. Mais, à partir de ce jour, c'est l'air, la terre et l'eau qui devaient composer avec Shashauan. Le fleuve de la vie devait passer à travers elle et nulle part ailleurs, car sinon la vie n'avait plus de sens, elle n'était qu'une fureur ivre et insupportable. C'est en elle que tout cela allait se transformer en Innu. En amont, c'étaient des montagnes, de vastes étendues étoilées, des arbres, des nuages, des torrents, des ruisseaux, le bruit sourd d'une chute ; après elle, ce serait un clan innu, les yeux dans la voilure du ciel. Son ventre, de la gorge au vagin, était le passage du vaste au singulier, de la dispersion à la mémoire, de la vitalité au nouvel Innu.

Dans son ventre, Shashauan sentit tous ses ancêtres vouloir rejoindre leurs descendants. Elle sentit aussi tous les ancêtres inuits vouloir l'Innu. Maillon de la chaîne, elle voulait que le fleuve la traverse, que la force des montagnes en amont s'écoule vers un village qu'elle pressentait en aval. Cela devait passer par elle, à travers son sexe, son cœur et sa poitrine. Elle était l'étranglement obligé dans la minute étroite d'une grande giclée. Comme si toute la rivière innue et toute la mer inuite devaient passer à travers le chas d'une seule femme.

« Pour mieux se ressentir », pensa-t-elle.

Elle voulait garder ce moment en mémoire, car un jour, il y aurait une petite montagne qui demanderait :

«Pourquoi la pierre, pourquoi le ciel?» Et un Innu aux joues de plaine lui raconterait l'histoire du cygne siffleur.

Devenir l'histoire qui tient le futur, cela a un prix, et ce prix, c'est un grand bonheur.

Douze

Le tonnerre de la chute apeurait les nuages de brume qui se jetaient sur les falaises et ruisselaient jusqu'en bas. Les rochers brillaient. Dans un escarpement, un énorme bloc de pierre plat se séchait le dos au soleil en plein sud. Sur cette omoplate calcaire, un carré de ciel bleu raturé de rayons jaunes surveillait les lieux. C'est sur ce carré reluisant que Silattuq et Arvik avaient dressé le qarmat, dans lequel ils avaient enfoui une bonne épaisseur de rameaux d'épinette.

La cuvette écumait sous la chute. Devant elle, le lac luisait comme une pupille noire. Plus loin, la hutte chauffait ses fourrures en salivant. Des reflets de jade nageaient dans l'œil noir : c'étaient des nattes verdâtres qu'enfonçaient les perches rayonnantes du soleil.

L'estomac des enfants regardait les formes disparaître.

Soudainement, Arvik éclata de rire. Il étendit ses vêtements au soleil et se glissa dans l'eau avec son trident. Ses pieds formaient une seule nageoire. Il ondulait en s'insinuant entre les fibres de l'eau. Shashauan n'avait jamais vu un tel nageur. Les saumons eux-mêmes étaient stupéfaits. Le chasseur entrait dans les ligaments, distendait les muscles qui se gonflaient, lissait les tendons de l'eau, s'immisçait comme dans une gaine blanche : le lac ne se rendait compte de rien. Mais, de temps à autre, le pêcheur lançait un gros poisson sur la rive. Shashauan et les enfants l'assommaient, le vidaient et l'étendaient sur des pierres chaudes.

* * *

Le soleil faisait les cent pas dans le ciel, s'inclinait, remontait, ne voulait pas se coucher. Fatigué, il tressautait, il ragaillardissait ses rayons jusqu'en haut des falaises. Puis il remballait sa lumière. Le ciel craquait et suait du sang.

Bientôt, le froid se mit à raser les murs. Les ruissellements gelaient, la brume caillait dans les ombres, et l'étang agrippait la pierre avec des griffes de glace.

Lorsqu'il sortit de l'eau, Arvik était bleu, mais il riait : sur une pierre dormaient côte à côte trois séries de gros saumons ouverts et vidés.

Silattuq, lui, ne riait pas. Il avait déjà transformé le qarmat en hutte à sueur. Sur le feu, les poissons grillaient et les pierres chauffaient. On engloutit Arvik dans la hutte à sueur avec un gros poisson rôti. Ce n'était pas assez. On enfila Shashauan derrière lui. Arvik riait toujours.

L'Innue le laissait manger un morceau, puis lui en donnait un autre. Les pierres crachaient la vapeur en bavant un mucus blanc. Arvik dégoulinait de sueur.

Le tonnerre de la chute n'osait pas entrer dans le qarmat, et le bruit de la bouche d'Arvik froissait le silence chaud de Shashauan.

Lorsque la chaleur s'apaisa, Shashauan entraîna Arvik sous sa fourrure et l'enveloppa dans son corps soyeux. La famille s'installa autour d'eux pour la nuit. Le borborygme des ventres endormit les cerveaux. Le ciel secoua sa toison noire, les étoiles s'agitèrent un peu, et tous les restants de lumière se fixèrent aux épines éternelles de la paix étoilée.

* * *

Cette nuit-là, si immuables étaient les pierres et les arbres dans le mordant du froid que Shashauan se mit à nager dans les eaux du rêve avec son homme. Le ciel expirait une haleine pâteuse. Shashauan avait inspiré à pleins poumons et avait plongé.

Les poissons ressemblaient à des lanternes d'écorce jaune. L'eau avait la texture de l'huile de castor et la couleur du miel. L'odeur de sapin réveilla les gens du village. Il y avait Shiship et Uapineu, des filles et des hommes, des enfants et des chiens. Pishou, le meilleur compagnon de chasse de Tshiashk, l'ami des ours, eh bien ! il pêchait le saumon. Le village plongeait des bouts de poisson dans de la graisse de caribou bouillante, on roulait les morceaux dans de la cendre de lichen, et toute la douceur du monde glissait dans les gosiers qui se dilataient. On chantait dans le tambour de la forêt. Un son sourd. Des yeux d'orignaux illuminaient le sapinage. Terre innue, terre tiède, terre délectable…

* * *

Arvik et Shashauan ronflaient dans un nid de fièvre. Le jour avait installé sa tente autour du monde.

Silattuq et Nuliaq étaient remontés sur le plateau. Une odeur de crottin les avait réveillés avant l'aube. Des bœufs musqués broutaient une nappe d'herbe.

Irniq, leur garçon, et Panik, leur fille, s'étaient fabriqué un kayak gros comme une main qu'ils dirigeaient du bout d'un bâton. Une petite pierre bleue tanguait sur l'embarcation. Sur la petite pierre, une noix de graisse déversait ses odeurs dans l'eau. Les enfants imaginaient des baleines approcher de l'appât. Le stratagème consistait à ramener le kayak vers la rive afin de planter le trident d'Arvik dans l'animal. Panik manipulait la perche, Irniq tenait le harpon. Un saumon rôdait dans l'ombre...

Le soleil s'était installé sur une pierre en haut de la chute et regardait en bas. La fièvre gonflait la hutte des amoureux. Les enfants jouaient dans des rires qui éloignaient la peur. En haut, la chute était bourrée de mousse et de fleurs qui lui sortaient des aisselles, entre ses cuisses poussait une touffe de thuyas, et tout en bas à travers ses orteils sortaient des crosses de fougère. Panik en ramassa une brassée, les fit cuire et les partagea avec son frère.

Dans le qarmat, les rêves s'entrechoquaient comme des osselets sur un collier. Les dents claquaient. Shashauan avait épousé la fièvre de son héros, et les deux déliraient à ventre ouvert.

C'était vraiment un jour éclatant et serein. L'air ressemblait à de la guirlande de lupins. Un hibou tournait la tête pour visser ce paysage dans son cœur. Lorsque l'on a l'âge d'une grosse épinette noire, que l'on est bien campé entre deux bons rochers et que l'on sent les dernières fibrilles de ses racines boire à pleines moustaches dans la terre profonde, lorsque l'on est ainsi rassuré et que l'on voit la maison des étoiles déboucler sa robe de mariée et que les reflets de la lune glissent sur sa peau noire, eh bien ! on fume des herbes et nos poumons s'en vont en l'air comme une nuée de corneilles.

Tout le bas du monde est éclairé par le haut, et c'est beau.

* * *

Dans l'épaisseur des fourrures, sous la hutte chaude, la fièvre avait fait éclater les cosses de l'homme et de la femme. C'étaient maintenant les bras d'une même fève en germination qui s'entortillaient dans leur propre plaisir. Aucune des deux têtes ne savait rien de ce qui se passait au-dehors.

Mais qu'est-ce qui se passait dans la hutte de pierre ? Qu'est-ce qui se passait réellement ?

L'image. Oui ! Peut-être l'image de la chute de la rivière dans le grand trou noir du lac. Ou bien l'image du soleil assis sur son banc de pierre qui laissait tomber des bulles de lumière dans l'eau s'écroulant. C'est toujours un mouvement de descente qu'une remontée reprend. Il faut toujours qu'un côté enveloppe ce que l'autre développe, et que soit ramené vers le milieu de la mémoire le plaisir de vivre. Dans le milieu, justement dans le milieu, la mémoire travaille comme un ventre, elle ne veut rien céder au temps. La vie grave au couteau son mouvement de râpe, et la mémoire emballe le sentiment innu.

On se dit : la vie continue. Mais c'est toujours la rupture.

Dans le qarmat, des bras et des jambes faisaient des enfants. Cela se faisait de soi-même. Personne, surtout pas eux, n'aurait pu séparer les membres qui se convulsaient les uns dans les autres. Et cela ne pouvait pas s'arrêter, pas plus que la chute ne pouvait se taire, pas plus que le soleil ne pouvait étouffer ses rayons ou que les étoiles ne pouvaient déguerpir sous l'effet d'une panique.

Le monde est ensorcelé, heureux dans son corps unique, s'ouvrant et se démultipliant à l'infini, comme jaillissant d'un éternel retour chez soi.

* * *

Le hibou tournait la tête d'un côté puis de l'autre. Il vissait le tambour de sa vie dans les rochers de son cœur. Il incrusta des plumes d'oiseaux dans les os de ces futurs ancêtres. Le fruit de deux peuples est bon ; c'est un fruit, mais c'est surtout une graine.

Personne en bas ne comprenait qu'il s'agissait du fin secret.

Tout le monde poursuit on ne sait quoi, mais personne ne voit les bras qui engloutissent les poitrines et refont le monde. Le secret, je peux bien le dire, on ne l'entendra jamais, on le cherchera toujours ailleurs, il est crié par tout ce qui bouge, rien, absolument rien ne le tait, il est là, à tue-tête, il se raconte... Il n'est secret que parce que l'on a la tête ailleurs.

Revenons à l'histoire. L'homme qui a peur, par réflexe, ferme les yeux. La marmotte qui entend le cri de l'aigle se lance dans son trou. La taupe passera sa vie dans un réseau de refuges. Ce monde de la peur devient amer dans son terrier. Alors, quelquefois, rarement, mais régulièrement, un homme, une femme fuit son refuge et remonte seul vers le nord afin d'y étendre son regard. Ces chasseurs d'espace voyagent sur la frange des glaciers, se nourrissant de lichen, de caribous, de phoques et de baleines. C'est alors que les montagnes se cognent les unes sur les autres et qu'éclate au grand jour le secret de la terre.

Le froid tasse les hommes et les femmes du Nord dans des huttes de pierre pleines de trous. Le froid n'est pas la peur. Tout revient toujours vers l'intérieur pour se reconstruire autrement. Certes, dans les terriers, on fait des enfants comme au Nord dans un qarmat, il n'y a pas de secret là. Mais, dans une hutte isolée, en bas de la chute et du froid, dans une cassure de la pierre, au cœur d'une fièvre peut-être mortelle, les bras qui s'enveloppent de plaisir parlent de montagnes, de forêts et de toute la terre.

C'est le ciel qui embrasse la terre et c'est la terre qui chante dans l'oreille du ciel. Le vrai migrateur ne revient jamais dans le même village. L'homme migrateur, l'Innu, l'Inuit, c'est l'homme tout court qui contient tout et qui est contenu en tout.

Treize

J'avais perdu le fil du temps.

Combien de jours et de nuits la fièvre d'Arvik et de Shashauan avait-elle duré ? Je ne peux le dire. Les enfants avaient harponné dix poissons, plutôt petits, mais délicieux. Mais combien de pas le soleil avait-il faits dans les nuages entre chaque poisson ? Je ne le sais pas.

Silattuq et Nuliaq étaient montés sur le plateau. Ils avaient effectivement vu une harde de bœufs musqués complètement absorbée par l'herbe nouvelle. Ils avaient contourné un petit groupe isolé en espérant le surprendre par l'est afin de le rabattre dans le canyon, à l'ouest. Ensuite, j'ai été distrait, je me suis mis à penser au chant de la terre…

Et là, maintenant, j'atterris sur ma branche. J'observe.

* * *

Le couvert gris et rose qui écrasait le qarmat, qui refoulait la fièvre sur les amoureux, qui faillit les emporter, cette bête daigna enfin lever ses grosses fesses et se retirer avec les vapeurs de la chute. C'était le matin.

L'air ressemblait à du cristal. Panik et Irniq avaient joué avec un chiot qu'ils avaient attelé à une branche morte. On voyait les traces. C'étaient comme de jeunes souvenirs tout frais et tout vides. Un peu plus loin, la meute de chiens, toujours attachée, se pourléchait. Elle avait avalé toutes les têtes et les queues de poissons que les enfants leur avaient données. Maintenant, elle voulait dormir, elle hurlait pour faire taire la chute. Les tonnerres de l'eau qui tombaient pêle-mêle dans leur propre bave blanche claquaient dans les traces de pas sur la neige.

Et puis, finalement, Arvik sortit du qarmat. Il laissa un moment le froid grignoter la moiteur de son corps nu et, lorsqu'il fut sec, il rentra mordre les orteils de Shashauan. Et elle émergea, elle aussi, de la hutte pour se faire lécher par la brise qui tournait autour d'elle.

Aux alentours du qarmat, le soleil jouait dans l'air qui se cristallisait. Un vent doux insistait sur la tiédeur de l'air, où s'était infiltrée une odeur presque totalement évaporée.

Les amoureux ne pouvaient rien remarquer...

Arvik se vêtit. Shashauan l'imita. Ils s'assoupirent malgré eux dans un dernier soubresaut de fièvre.

Lorsqu'ils sortirent de nouveau, la brise chantait. Ils ne remarquèrent rien. D'ailleurs, il n'y avait rien à remarquer. Une grosse bulle de bonheur s'élevait du lac noir. Du poisson séchait sur les rochers. Les chiens s'étaient enfin tus, trois dormaient dans l'odeur des uns et des autres. Les autres chiens devaient courir plus loin avec Silattuq, Nuliaq et les enfants.

Le printemps ouvrait ses portes. Partout, des touffes d'herbe secouaient leurs cheveux sur les rochers. En haut, sur le plateau, le lichen, sans doute, cassait des pierres à l'aide de ses boules de couleurs. Et il y avait de grandes plaques d'espace qui se libéraient de la glace. Oui! en haut, sur les fjelds, de très grands blocs de solitude s'étiraient dans toutes les directions.

Arvik entrouvrit la fourrure d'ours qui servait de porte au qarmat. Il voulut dire quelque chose, mais ses paroles restèrent dans sa bouche comme un essaim de guêpes.

D'un coup, sans autre avertissement qu'un couteau qui n'était pas à sa place, le couteau de Silattuq qui devait être là, mais qui n'était pas là, un vide planta ses dents dans la poitrine d'Arvik. *Crouch!*

* * *

Arvik avait été aspiré par le vide comme l'eau par le gouffre. Il était tombé dans son intérieur, dans le tuyau des paroles qu'il n'avait pu dire. Il était maintenant en chute libre dans sa gorge qui se nouait; des griffes déchiraient ses parois; l'haleine de la bête qui l'emportait puait la décomposition.

«Ataata! cria Arvik. Anaana!» cria-t-il encore après un déchirant silence.

Et Shashauan sentit l'air se retirer de sa bouche et de son nez comme s'il était parti avec les deux cris d'Arvik. Puis, tout son corps à elle aussi fut aspiré. Elle plongea dans la salive de la bête; elle ne pouvait plus respirer.

Pourtant, rien n'était plus tranquille que les brumes qui remontaient du canyon. L'air chaud entrait doucement sous leur manteau, caressait les cuisses de la chute et riait au-dessus du tonnerre. De là où j'étais, je voyais des touffes de ciel bleu tomber un peu partout comme de très gros pétales. La brume, n'ayant plus de place, s'envolait à grands coups d'ailes, et le canyon se redessinait dans la mer des roches.

Arvik et Shashauan brillaient dans l'air cristallisé. Il n'y avait pas de plus grande beauté en ce monde que ce manque qui les détachait l'un de l'autre, les compressait chacun dans leur cœur individuel, et dans ce cœur cassait des pierres pour faire du feu.

Des lames allumaient les visages, qui se distinguaient. Plus rien ne ressemblait à ces deux visages devenus soudain uniques. Un éclair était tombé au fond de la terre et remontait leurs colonnes vertébrales. C'étaient maintenant deux flambeaux. Et la ramille de leurs flammes allait partout sur le territoire pour sonder l'ampleur de l'absence.

Ils étaient enfin libres. On ne le remarque pas toujours, mais nous naissons de différents actes de dépeçage.

* * *

Arvik détacha les trois chiens, qui se mirent immédiatement à flairer, le nez dans l'absence, dans l'odeur caractéristique de ceux qui n'étaient plus là. Mais ils ne remontaient pas sur le plateau : ils longeaient plutôt le canyon vers l'aval, marchant sur les éboulis. Ils suivaient une odeur qui devenait peu à peu évidente dans le nez d'Arvik. Shashauan ne connaissait pas cette odeur qui piquait les narines, les ouvrait en élargissant leurs vaisseaux sanguins, dégageait les bronches, mais, pendant tout ce temps, enfonçait un doigt dans la gorge pour provoquer la nausée.

Arvik cria pour retenir les chiens, car ils s'étaient jetés sur des corps au pelage épais et presque noir. Il fallut les attacher, car ils voulaient prendre leur repas dans la chair qui était là, effrayante. On distinguait les têtes. Des cornes enroulées sortaient de l'épaisseur de la fourrure. Arvik regarda la falaise de ses pieds jusqu'à la chevelure bleue du ciel.

Des bœufs musqués s'étaient jetés d'en haut.

Arvik fut écrasé par le poids des bêtes, par la signification de la chute, par la chair déchirée, par la fourrure saturée de sang. Il s'assit sur une pierre devant les bœufs. Les deux mains dans l'absence qui l'étranglait. La nourriture était là, des mois de nourriture, mais personne ne revenait de chasse. Personne.

L'Inuit ne cria pas. Shashauan restait sur le bord du gouffre.

Ensemble, ils dépecèrent les deux bêtes, lentement, très lentement, car, sous elles, il y avait un terrifiant « peut-être ». Une main retenait l'autre, car l'une voulait trouver, l'autre pas. Et les bêtes étaient énormes. Arvik découpait chaque tranche avec soin. Une nourriture sacrée, au prix démesuré.

Shashauan disposait les tranches sur la pierre pour les faire sécher. Et le soleil y mettait toute sa force, comme dans un four à graisse, comme s'il avait disposé lui-même la falaise et chacune des pierres en forme de four afin de leur arracher un maximum d'eau et de l'emporter dans son immensité bleue.

Mais sous les bêtes, il n'y avait rien, un rien qui était du sang et que buvait le lichen. Même cela, il ne fallait pas l'abandonner. Le lichen gavé de sang fut roulé et mis à sécher. Les peaux furent grattées. Et les jours passèrent.

* * *

Les yeux allaient ici et là pour voir qui venait, qui partait, mais seule la lumière venait, et seule elle repartait en déchirant toujours de plus en plus le cœur d'Arvik.

Shashauan et lui allèrent chercher les canots. Ils rassemblèrent tout le matériel. Et ils s'assirent sur une pierre.

Deux têtes autour du vide, deux visages penchés sur le vide du centre comme sur un kudlik.

* * *

Le soleil venait et repartait en effaçant toutes les formes grises qui auraient pu bouger ou parler.

Les nuits hurlaient des silences de mort.

Il ne pleuvait pas. On aurait dit qu'un loup, étouffé de solitude, s'était noyé dans son hurlement. Dans le ciel, une étoile, étranglée par d'immenses taches de noirceur, saignait. Une lueur pâle coulait lentement sur la terre.

* * *

Au bout de je ne sais combien de temps, Arvik remonta vers le plateau. Shashauan resta derrière.

Le chasseur s'avança sur le fjeld. Il se rendit compte que, partout où il allait, il était au centre. Il n'arrivait pas à quitter le centre. S'il se déplaçait, tout le paysage se déplaçait avec lui. C'était une horrible sensation.

Avant la chute des bœufs musqués, il était quelque part dans le cercle, mais jamais au centre. Il y avait Silattuq, il y avait Nuliaq, il y avait les enfants ; jamais personne n'occupait le centre. Ils étaient toujours quelque part dans un triangle ou dans un pentagone, près d'un angle et clairement situés, et si quelqu'un bougeait, le Nitassinan, lui, ne bougeait pas. La géographie de l'immobilité : au nord, très loin, le village ; au sud, très loin, la forêt ; les deux invisibles, cachés derrière l'horizon… Mais qu'importe ! les angles du triangle se déplaçaient là-dedans, s'approchaient ou s'éloignaient les uns des autres. Maintenant, l'espace avait perdu le pieu qui le retenait, il se déplaçait dans un cercle indifférent, et lui, Arvik, restait au centre, telle une lamentation.

Il déplaça sa solitude vers le nord et vers le sud, mais il ne put se déplacer dans sa solitude, qui formait un cerceau autour de lui. Et tout cela était vide, fixé à lui comme si son corps avait éventré le centre du tambour, et que celui-ci formait un vêtement rigide autour de lui, une peau tendue à craquer, vibrante et pourtant vide. Non pas vide de quelque chose, car toutes les choses étaient toujours là, mais vide de ce qui donne un intérêt pour une chose plutôt que pour une autre.

Le chasseur faisait le tour du cercle avec ses yeux vitreux…

Partout, l'absence était également répartie. Silattuq et Nuliaq pouvaient arriver par n'importe quel point de la périphérie mais, surtout, ils pouvaient ne pas arriver du tout. Cette égale répartition dans chaque point de l'horizon était affolante. Chaque point, noir ou blanc, rassemblait en lui toute la présence virtuelle et toute l'absence réalisée, jamais l'une plus que l'autre. Cette égalité infernale n'était plus qu'un immense piège, et Arvik se débattait dedans.

* * *

À un moment, il cessa de se débattre.

Impossible de choisir une direction : partout où plongeait le regard, on pouvait observer que personne ne venait.

Shashauan s'était assise à l'écart, blottie dans un silence de mort.

Arvik continuait à faire le tour de l'horizon, et rien, absolument rien ne sortait de l'égalité. Pas même Shashauan. La coïncidence de la présence et de l'absence avait lissé l'horizon si parfaitement que le chasseur n'arrivait plus à sortir du piège. Tout était si également possible et si également impossible qu'il n'y avait pas d'issue.

Le paysage n'avait plus aucun sens. C'étaient des taches vertes et blanches, bleues et roses, à peine détachées d'un gris fatal. Le soleil avait beau naître à l'est et mourir à l'ouest, le Nord pouvait bien continuer de cracher le froid et le Sud, l'air doux… tout cela lui était maintenant indifférent. La trajectoire du soleil ne tranchait plus l'espace en deux, il n'était plus possible de percevoir la différence entre la naissance, qui finissait toujours par se coucher dans la mort, et la mort, qui finissait toujours par cracher son aube vide et identique. C'était un disque plat, une absolue indifférence.

À quoi sert tout ce plateau de neige froide, s'il ne provoque plus une seule direction…

Alors, Shashauan tenta le tout pour le tout : elle se mit à danser et à chanter autour de son homme. Elle criblait l'horizon des brûlures de sa présence. Elle consumait la mèche de l'horizon. Il en sortait des fumées multicolores, des odeurs étranges. Et son chant crevait le ventre du silence. Sortait de là une lamentation rouge comme le gosier d'un fiévreux.

Mais le regard d'Arvik traversait le cercle de feu. Ce cercle était pour lui violemment mince et transparent, un faux mur, une illusion tout aussi vide que l'air. Ce n'était qu'une mince couche de glace que la lumière ridiculisait.

* * *

La surface du territoire se mit à basculer. Il n'était plus possible de distinguer le haut du bas, car toute lumière s'était partagée également dans chaque point de la sphère. Et le chasseur s'ankylosait. Comme il ne bougeait pas, le paysage ne bougeait pas non plus.

Arvik disparaissait dans sa propre sphère.

Shashauan lança sa dernière flèche.

« C'est ta faute ! » cria-t-elle de toutes ses forces.

Mais Arvik ne saisit pas la perche. Il passa sous sa hurlade en ramenant ses membres vers lui comme une tortue.

S'il avait pu saisir la perche, s'il avait pu se dire à lui-même : « C'est à cause de moi », tout le cercle aurait trouvé un sens et une direction. « Je suis la faute, donc tout le reste est innocent. » Innocenter le monde en se désignant comme coupable, voilà une extraordinaire différentiation. « Et c'est moi, la différence ! » La souffrance aurait enfin trouvé une cause, la mort aurait trouvé une fosse, il y aurait eu un repère laid et mauvais dans le cercle de la beauté. On aurait pu dire : « Cela est bien, car celui-là est mauvais. » Le monde aurait trouvé un visage. Cela aurait été une genèse, un acte fondateur, un terrier de sécurité. Après cet acte, la souffrance aurait été une grimace, la joie un sourire. Tshakapesh aurait été le bon, Atshen la mauvaise. Et lui, Arvik, le petit point du centre, aussi bien qu'il soit Atshen, car sinon, c'est tout l'univers qui ouvrirait sa grande gueule avaleuse et assimilatrice.

Il aurait bien fallu qu'Arvik tue quelqu'un. Et ensuite on se serait vengé, et une histoire de race humaine aurait commencé avec sa trace de sang dans le cristal de l'être.

Mais lui, l'Inuit, ne voulait pas saisir cette perche. Un secours trop facile pour sa souffrance devenue précieuse. Il ne voulait pas devenir le premier assassin d'une lignée malade.

Il n'avait pas compris.

Shashauan n'avait pas voulu dire : « C'est ta faute s'ils sont morts. Tu aurais dû aller à leur secours. Tu jouissais de ta femme alors qu'eux chassaient pour leurs enfants. Et tu les as laissés mourir… » Jamais elle n'avait pensé à cela. C'était ma petite-fille, une Innue du peuple des oiseaux, une douce hirondelle. Elle voulait simplement dire : « C'est toi qui vides le monde en suspendant ton acte. Et lui, le monde, dépend de ton acte. Je ne dis pas qu'il attend ton acte pour être : il attend ton acte pour avoir une valeur. Qui n'aime pas ne peut haïr, pas même lui-même. Alors la neige est partout, et les formes disparaissent dans sa blancheur. C'est le chant de la terre blanche. »

Mais rien ne s'allumait dans le cœur d'Arvik. Il restait pris dans le piège. En lui se diluait la souffrance, et c'était tout ce qu'il recherchait. Être digéré, il le voulait. La digestion n'est jamais un malheur pour celui qui souffre : au contraire, elle est son espérance. Ce qu'il craint, c'est de vivre un jour de plus.

* * *

Pourquoi n'était-il pas parti à la recherche des corps ? S'il avait trouvé un corps, le couteau aurait rejoint le cœur, l'hémorragie aurait été fatale. Il serait mort et donc, il aurait pu revivre, goûter sa nouvelle liberté. Mais il ne voulait pas tenter le sort…

Tout le cercle de l'absence s'était transformé. Arvik ne voyait plus qu'un immense charognard ; il était dans son gosier énorme, infini.

Lorsque la danse d'une femme laisse indifférent le cercle du monde et qu'aucun homme ne bouge vers elle, c'est la femme qui est en danger de disparaître. Car que vaut un univers s'il ne lui accorde aucune valeur ? L'érection d'un homme vers elle n'est pas seulement la prémisse d'une vie nouvelle : c'est le salut du monde qui s'éveille par elle.

Shashauan pouvait mourir n'importe où, mais pas sous le regard indifférent d'Arvik.

Elle n'avait plus d'autre choix. Elle attacha les trois chiens en triangle autour de son homme, avec de bonnes cordes, mais fixées à des pierres moyennement lourdes. Plus ils auraient faim, plus ils menaceraient le chasseur. Soit il se réveillerait, soit il serait englouti dans leurs gueules. Les chiens le sauveraient ou l'égorgeraient.

Elle redescendit dans le canyon. Elle mit un des canots à l'eau, y déposa la moitié des provisions et s'embarqua pour le grand lac.

Elle devait être l'Innu à elle seule, le point de départ, l'origine pure. Et nous, tous les ancêtres, en elle.

VERS LE SUD

Un

Sur la largeur, l'Uinipek dormait entre deux ourlets montagneux lointains. Sur la longueur, les yeux se perdaient, car en amont le lac n'était qu'un élargissement de la grande rivière aux chutes, et en aval il se rétrécissait pour former un grau s'ouvrant sur l'océan.

Sur cette étrange mer intérieure, le canot de Shashauan brillait comme une étoile dans la nuit. L'eau méditait, immobile. L'embarcation méditait, immobile. Sur la largeur du lac, elle s'était recueillie à peu près au milieu. Mais sur la longueur, elle restait dans une grosse baie sableuse, ronde et presque refermée par des bras de gravier.

Les vents étaient partis. Un silence de mort couvrait la surface brossée de l'eau. Les rives dressaient les oreilles, aux aguets. De petites rivières affouillaient dans cette baie, mais on ne les entendait pas. L'esprit de Shashauan refluait sur lui-même. Le canot s'était endormi. Un reflet aussi mince qu'un cheveu rejoignait le littoral au sud, s'y amarrait, se ligotait à une souche qui était là, encore douloureuse, une hache de pierre plantée entre les lèvres. La baie salée tout entière ressemblait à une ardoise cassée par cette lézarde d'argent.

De temps à autre, il arrivait à Shashauan des envies de tenir une journée de plus. D'un gémissement, elle perçait le silence qui l'écrasait. Un air de chanson se répandait, mais aucun mot n'osait courir sur l'eau. Le regard de Shashauan sortait du canot, suivait le fil d'argent du reflet, mais se noyait bien avant de rejoindre la souche.

L'immobilité se reformait. Et l'œuf de la nuit refermait sa coquille.

Pourquoi voulait-elle, de temps à autre, survivre encore une journée ?

Son raisonnement était aussi simple qu'une amputation : si l'on a le nez collé sur un paysage, toutes les lignes de son visage bougent, arrivent et partent comme les vagues sur un lac. On n'y comprend rien. Seul un fou s'attacherait à ces lignes qui viennent et partent en arrachant le cœur. Alors on décide parfois, par deux ou trois grands coups d'ailes, de décoller le nez du nombril des choses. À une certaine distance, le visage du paysage parle. À tout prendre, il faut tout prendre. Et, pour tout prendre, il faut tout laisser échapper de la main. Les yeux n'ont pas seulement besoin de lumière, mais aussi de distance. Sinon, on se retrouve avec des crocs qui nous arrachent le ventre, et il ne reste plus rien dans la mémoire qu'un plateau de neige, et au milieu du plateau un jeune chasseur inuit buté entre trois chiens.

* * *

Au même moment, très loin de là, dans un grand cercle de neige et de rage, le jeune Inuit arriva à la même conclusion. Il laissa tomber ce qu'il retenait dans son poing. Et le silence rendit son esprit clair et libre.

Il comprit exactement en même temps que Shashauan : Silattuq avait persuadé Nuliaq de repartir au village avec les enfants en laissant leur fils à ses noces. Car sinon, il ne serait jamais un Inuit, un homme né de la glace.

En réalité, le jeune chasseur avait été préparé à cela. Il avait simplement oublié que ce moment ne pouvait survenir que le jour où il ne se sentirait pas prêt. Autrement, il se serait fié à lui-même, alors que, maintenant, il devait se fier au grand plateau de neige qui le tassait au même endroit, au centre et au début de lui-même.

Un chien avait rompu sa corde. Affamé, il tournait tous ses crocs contre l'Inuit. La lumière se cassait sur ses dents.

Arvik se réveilla. Il était tout entier à cet endroit que regardait le chien, qui bavait d'appétit pour son maître. Les yeux du chien percèrent la nuit ; le couteau d'Arvik perça le chien.

* * *

Shashauan aperçut une hirondelle de mer, une sterne. L'Innue prit de l'altitude grâce à elle. Elle voyait maintenant, sinon tout le lac, au moins toute la grande baie, et les bras de gravier, et plus loin l'autre partie du lac qui s'essoufflait à courir vers la mer. Au nord, entre les oreilles des montagnes, s'écoulait un bras de gravier. À travers les touffes d'épinettes noires, il y avait des tentes de peaux, des bois de caribou, des os de baleine, et des perches qui tenaient des seaux d'écorce. Une petite fille se baignait sous le regard de son grand-père. Un bambin trempait des bouts de poisson dans le sable avant de les plonger dans sa bouche. Accrochées à une grosse épinette noire, cinq bernaches pendaient la tête en bas, les ailes grandes ouvertes. De l'eau se réchauffait sur un feu.

Au-dessus de ce village innu, le ciel s'était enflé et formait une sorte de grosse cloque. La sérosité qui était dans la cloque épaississait tout ce qu'elle touchait. Les écorces et les troncs paraissaient vaciller; les branches étaient rabattues sur les troncs; les couleurs frémissaient. Ce n'étaient plus des arbres, on aurait dit des algues ondulant dans une mer de gélatine bleue.

L'hirondelle clignait des yeux pour refaire les formes qui disparaissaient dans la gelée. Le village revenait, s'effaçait, se reprenait, et il riait. Plus loin, beaucoup plus loin, à l'embouchure de l'Uinipek, près de la côte de l'océan, il y avait un autre petit village innu, minuscule, mais heureux.

Des familles aussi innues que Tshiashk. C'était une trop grande espérance. Lorsque l'hirondelle reprit sa place sur l'épaule gauche de Shashauan, la vision, déjà, se couchait sous la fourrure de ses rêves.

* * *

Tout l'Uinipek s'était levé de bonne humeur. La tête dans les étoiles, les bras accoudés sur les genoux, il réfléchissait en buvant son grand bol d'eau. Mais ce n'était qu'un tout petit enfant. Sous lui, la croûte de pierre se leva à son tour, elle enroula un gigantesque littoral de montagnes autour des épaules de l'enfant-lac. Et, sous la croûte de pierre, la mer de feu se leva, elle aussi, en refermant ses flammes sur la terre et les étoiles.

En dessous, Tshakapesh poursuivait des atshens en faisant tourner un gros baril de feu. Puis des couleurs soulevèrent des couleurs et les laissèrent retomber sur le baril. Et puis encore et encore, par couches de plus en plus larges, des cercles se levèrent pour envelopper des cercles.

En dessous, le géant de la totalité restait couché, tranquille. Il respirait, et tous les mondes se rabattaient les uns sur les autres. Son cœur battait dans le tambour des sphères, un son grave et sourd à peine audible.

Shashauan ressentait sa présence. Son cœur pulsait dans le tambour. Et c'est tout.

* * *

Pourquoi ne s'était-elle réveillée que la nuit, jamais le jour? Et pourquoi si peu de temps? Et pourquoi des rêves plus grands que le lac?

Certes, elle se mourait de soif, et l'envie de vivre ne lui venait que par intervalles éloignés, comme le bond d'un poisson sur un lac sans mouches. Elle avait avalé un peu d'eau salée, et la fatigue tirait tous ses membres dans le fond du canot. L'index et le pouce de ses rêves s'étaient relâchés, et Arvik était tombé hors de l'image.

Il ne pouvait plus être le territoire de sa confiance. Tout était devenu trop grand.

La nuit, tout le monde dort, ou fixe un kudlik. La nuit, on ne peut agripper aucun trait particulier du visage. On se retrouve dans le fond des choses. Et puis la respiration prend le rythme du grand tambour. On vit par manque de mort. Rien ne tient plus à la vie. Néanmoins, la vie ne nous lâche pas.

Tout semble indifférent. Mais non! le tambour vibre sourdement en refaisant le monde. Tout change, on ne peut plus s'agripper aux mêmes choses, mais le fond gronde et tient tout dans sa vie. On voudrait la mort, mais personne ne l'a encore inventée.

Alors, qu'il était bon de se fondre dans un grand lac! Qu'il était fou et horrible de se réveiller dans la soif!

Pourtant, le soir, toute la nuit et même à l'aube, le fin reflet d'un cheveu d'argent qui s'était enroulé autour d'une souche, sur la rive sud, à l'opposé du village, tirait du mieux qu'il le pouvait le canot de l'Innue. Un peu plus et il se serait rompu. Alors, il y allait lentement, par à-coups de patience, à la manière d'une ligne à pêche trop fragile pour le poisson qui s'y est pris. Il s'agissait simplement d'épuiser les résistances du canot, de l'amener doucement. De profiter de l'absence de vent.

* * *

Le canot se laissait faire.

Il arriva donc qu'il s'enlisa dans la boue sur la rive sud, à quelques pas de la souche, à quelques pas d'une flaque d'eau qui s'était détachée du marais et qui tendait la main à l'embarcation. Et lorsque l'impossibilité de la mort fut suffisamment claire et sûre, la flaque tira sur le bras de Shashauan et l'amena dans son corps d'eau, qu'elle lui donna à boire.

Était-ce de l'eau? N'était-ce pas plutôt du sang? C'était comme du sang qui voulait un corps, qui lui voulait du sang. C'étaient deux besoins qui s'étaient repérés, deux moitiés de morts qui voulaient se retrouver l'une dans l'autre pour respirer.

Le ciel et la terre respiraient comme un seul être dans son tambour. Il y allait par les mille rivières et les mille artères jusqu'aux plus petits capillaires, il y plantait son printemps, et tout se mettait à vouloir boire encore un peu plus. Et la flaque d'eau avalait Shashauan, et Shashauan avalait la flaque d'eau, et le cercle se refermait en se reformant, et le monde était prêt à repartir pour une autre danse sur le même tambour. La grande tente.

Et voici, il serait son amant fidèle. Tout le reste se jouerait entre les lignes de son visage.

* * *

L'eau finit par ouvrir les yeux sur le monde. Un nuage de moustiques murmurait autour de la peau de Shashauan. Le dos de la femme dormait encore dans la boue, mais ses mains volaient comme des oiseaux autour d'elle en avalant des mouches. «Les mouches, je les avale.» Et son ventre aussi s'ouvrait.

Elle voulut se dégager et dut abandonner ses vêtements, que suçait la boue. Elle plongea nue dans la mer pour se laver et chasser les moustiques. Des nuées d'alevins jouaient dans des doigts de lumière.

Elle sortit de l'eau, s'assit dans son canot pour manger un morceau de bœuf musqué. Le soleil se jeta sur elle pour couvrir sa nudité, car des yeux regardaient.

Elle mâcha, avala et, dans un des moments de silence qui séparaient les bouchées, elle entendit comme un gémissement. En retournant la tête, elle vit la hache plantée entre les lèvres de la souche. Tous ses rêves se déversèrent dans son esprit dans une seule chute de formes.

Le village innu déboula de ses rêves avec la petite fille et le grand-père.

Elle s'était échouée sur le côté opposé du village! Pourquoi?

Shashauan sentit clairement qu'il existait une réponse à cette question, mais qu'elle était plus loin, qu'elle viendrait à son heure, qu'il était inutile de l'appeler maintenant.

Elle entendit à nouveau le gémissement. Elle se leva, débarqua dans la boue, marcha dans sa direction. La lumière recouvrait sa beauté.

Plongé jusqu'à la ceinture dans le marais, il y avait un Innu. Son visage disait: «Tue-moi.» Son visage disait: «Sauve-moi.» Rien n'était plus clair que ces deux visages qui se contredisaient sur la même face.

Cela la fit éclater de rire, car le matin même, si un chasseur innu était apparu devant elle, elle lui aurait dit: «Tue-moi.» Elle lui aurait dit: «Sauve-moi.» C'était le clignotement humain de base. Et elle ne pouvait s'empêcher de rire. Car c'était si beau, cette base, si solide, si incroyablement solide, une sorte de rocher à jamais refermé sous les pieds par la rotule du oui et du non. L'impossibilité d'une vie définitive ou d'une mort définitive.

Néanmoins, il ne fut pas facile de tirer l'homme hors du marais. Son tronc ressemblait à un gros merisier noueux et, bien que tout le haut de son corps voulût sortir, tout le bas était aspiré par le marais.

Elle lança un cri, tomba sur les fesses, et arracha l'homme de son marais. Lui, il hurla, puis s'évanouit. La moitié d'une jambe lui manquait. Elle était garrottée en haut du genou.

C'est alors que la réponse arriva. Une réponse purement innue. L'homme avait été attaqué par une atshen.

Il s'était bien défendu, mais la bête était partie avec sa jambe. La famille l'avait soigné, et c'était maintenant au destin de décider. Le marais était le seul remède possible : l'argile tue ou guérit. À portée de main, il y avait un panier d'écorce, et de la viande dans le panier. De temps à autre, on venait voir ce qu'avait décidé le marais. Et le canot avait longuement réfléchi à ce sujet. Il s'était approché doucement. Et l'homme avait gémi en entendant quelqu'un. C'est lui qui avait lancé la flaque d'eau en direction du canot au signe de l'hirondelle, pour ressusciter celle qui pouvait le sauver.

L'homme avait perdu connaissance, mais sa main retenait la main de Shashauan avec une volonté d'autant plus forte que son désir de mort s'était évanoui avec lui.

Elle n'avait plus qu'une chose à faire. Elle tira l'homme jusqu'à la mer et le lava jusqu'à ce qu'il se réveille. Il réussit à attraper le bord du canot et à se glisser à mi-corps sur le rebord. Elle le poussa, il roula dans le fond. Elle alla chercher les fourrures qui étaient restées dans la boue. Elle les jeta, en tas, dans le canot.

Puis, elle naviga en suivant le rivage. Elle s'arrêta à un endroit où un ruisseau se jetait dans l'Uinipek. Il y avait là des amas de fleurs rivulaires qu'elle connaissait et qui pouvaient guérir.

Deux

Il s'appelait Edechewe (Celui qui voyage sans cesse autour du monde). C'était une force de la nature. Il était marié, avait quatre enfants, menait les chasses à la baleine à l'automne, parlait dans le conseil... Tout cela était terminé. Une atshen avait mangé sa jambe. Le reste du corps allait nourrir le marais.

Shashauan voulait garder ce restant d'Innu pour elle. Il avait de bons bras, une bonne tête, il pourrait gratter des peaux, préparer le poisson pour le séchage, coudre de bons vêtements, surveiller l'enfant qu'elle portait, combler son besoin charnel dans les jours chauds, lui indiquer les bons territoires de chasse, lui fournir un lien de parenté avec le village, et il ne s'en irait pas, il ne se planterait pas tout froid dans le vide des morts...

Guérir son moignon, c'était déjà presque fait. Le marais avait réalisé la moitié du travail. Les plantes accompliraient le reste. Mais comment l'amputer de sa fierté de chasseur sans qu'il perde ses moyens ? Comment le replanter dans son village pour que fleurisse une nouvelle dignité ?

* * *

Après que l'atshen lui avait pris sa jambe, ses compagnons de chasse lui avaient garrotté la cuisse et l'avaient ramené au village. On avait pleuré. Le lendemain, la famille l'avait embarqué sur un canot et avait traversé le lac. On l'avait plongé à mi-corps dans le marais. Et on avait pleuré. De retour au village, on avait pleuré une troisième fois.

Tshakapesh allait décider.

L'Innu, dans son marais, s'était préparé à mourir. Il avait bien vu que les vents de l'Uinipek s'étaient retirés dans les montagnes. Le silence des morts s'était installé sur le miroir du lac. Le marais en avait profité pour chanter plutôt joyeusement : la stridulation des criquets, l'ébullition des *couacs* de grenouilles, le *tiou* des bruants des neiges, la nasalisation des guillemots et des canards, et par-dessus tout cela le bourdonnement des mouches. La corde des sons n'avait laissé aucune trêve ; elle s'était enroulée autour d'une respiration lente et sûre, car le silence de l'Uinipek avait formé la plus grande oreille que l'on ait jamais vue sur un Nitassinan. Tous les bruits avaient été sucés, tous les gémissements avaient été aspirés, l'eau les avait recueillis, absorbés, médités. Les poissons avaient attrapé les bulles et les avaient rentrées encore plus profondément dans l'eau.

Edechewe s'était apaisé, les gémissements avaient faibli, et l'Uinipek s'était engourdi sous le ciel. Avec ses membres restants, son tronc, sa tête, les deux bouts de son âme et ses éléments, Edechewe formait la bête la plus silencieuse du marais.

Parfois, ses yeux s'étaient réveillés, étirés, levés, élancés. Ils avaient dansé ici et là. « Pourquoi aucun ancêtre n'est-il encore arrivé ? » s'étaient demandé les yeux. Et ils avaient virevolté jusqu'au lac, avaient couru sur les reflets, puis étaient revenus ; ils avaient refermé les paupières et s'étaient rendormis.

À ce moment-là, les rêves avaient pris la relève. C'était presque toujours un moment de village, une fête, un feu de cuisson, rien d'autre, pas d'ancêtre, pas de nain, pas de géant, juste sa femme, ses enfants, son frère, quelqu'un du groupe de chasse, les gens du village.

Par moments, la douleur de sa jambe lui avait mâché tout le corps. Une épouvantable mastication. Mais l'odeur n'avait pas trahi la fin de l'entreprise. Le marais avait toujours dégagé une bonne odeur : l'herbe, les fleurs, la terre, l'eau, tout avait été parfumé de fraîcheur. À un moment donné, pourtant, les forces pourrissantes allaient l'emporter sur les forces guérisseuses. Il le fallait. Il ne pouvait s'imaginer à la charge de sa femme et de ses enfants. Il n'avait qu'à cesser de manger. D'ailleurs, il n'avait ni mangé ni bu depuis longtemps. De son côté à lui, le choix était fait. Il aurait droit à une sépulture de chasseur, à une plateforme haute, à la délivrance des oiseaux, à une place honorable dans la mémoire du village.

Mais l'attente s'était étirée. Les rêves s'étaient envenimés, des ours étaient entrés dans la fête, des loups, des renards, des éléphants de mer, des atshens de tous poils ; les mille tentacules de ses cauchemars s'étaient étranglés les uns les autres : des combats, des succions, des morsures, des arrachements, des fêlures, et puis soudain une accalmie, non ! une aggravation : il avait vu sa femme cuire du poisson, elle le lui avait donné à manger comme à un bébé.

Une nuit, ses yeux s'étaient aventurés plus loin. Ils s'en étaient allés battre de l'aile sur la grande oreille silencieuse, question d'entendre le fin mot de l'histoire. Les souvenirs avaient été clairs : ils étaient étalés sur l'eau comme sur une bande d'écorce gravée à la pointe du couteau. Tout l'avait amené à comprendre la baleine. Il était l'homme-baleine. Jadis, une famille inuite était venue lui enseigner l'art de la chasse sur la mer. Dès que son kayak avait glissé pour la première fois sur l'océan de l'est, il avait perçu la présence du mammifère. C'est lui, l'adolescent innu, qui avait guidé le père inuit et son fils en direction de l'animal. La pagaie avait entraîné le kayak jusqu'au cœur d'un banc de krill, et lui, le jeune chasseur, avait immédiatement entendu le chant de la grande baleine qui enferme le monde : l'enveloppe exorbitée qui contient la terre et dont le palais garde vivantes les étoiles, la grande habitation. Il avait perçu la vibration de son immense crâne globulaire, qui avait secoué sa chair bleue et repoussé les nuages au loin. Il avait compris son humeur de tempête et ses brises apaisantes. Pour elle, il n'avait pas toujours été facile de contenir toute cette chicane de monde : des oiseaux pillards, et des balourds qui rampent trop bas.

Et la grande baleine, la tente de toutes les demeures, l'uitsh de tous les Nitassinan, s'était exprimée à cœur ouvert ; elle lui avait désigné un de ses petits pour qu'il en prenne soin, qu'il l'introduise dans le ciel intérieur du village, dans la vie du village, ses amours et ses joies. Et le morceau qu'il avait gardé pour lui-même, eh bien ! qu'il glorifie son âme de chasseur.

« Fais autour de toi ce que je fais pour toi au-dedans de moi », lui avait dit la baleine suprême, l'œuf premier.

Cette consigne lui était venue avec l'art du kayak, par une famille inuite qui s'était imprimée dans son âme.

Maintenant, il l'avait entendue de ses propres oreilles : « Fais autour de toi ce que je fais pour toi au-dedans de moi. »

Tout cela, il l'avait vu gravé sur la bande d'écorce qui s'était déroulée sur le grand lac et qui était aujourd'hui la mémoire de sa vie. Mais la bande ne s'était pas arrêtée dans la gueule de l'ours, une jambe arrachée et lancée par le trou des étoiles. Non ! la lanière d'écorce avait continué, beaucoup plus mince, mais perceptible, un cheveu, un cheveu d'argent sur l'ardoise luisante du lac. Et le cheveu lumineux avait retenu un petit canot innu d'un autre pays. Non seulement il avait retenu le canot au signe de l'hirondelle, mais il l'avait ramené vers lui.

Quelles qu'aient pu être sa forme, sa grosseur et sa couleur, ce cheveu n'avait pu être qu'un des cheveux de Tshakapesh, qui riait toujours dans sa barbe, et jamais personne n'avait pu séparer, dans ce rire, l'espièglerie de l'enfant de la raillerie de l'adolescent.

Le canot s'était approché.

C'était à ce moment-là qu'il avait senti tout son corps être jeté en dehors de son corps, comme une peau de lièvre retournée et arrachée. Et le corps hors de sa peau avait rampé jusqu'au canot puis avait tendu la main. À son immense surprise, une femme était sortie du canot. Elle aussi était mourante. Elle aussi était hors de sa propre chair. Elle aussi s'était traînée jusqu'à la flaque d'eau, avait roulé dans l'eau et avait bu le sang de l'eau. L'eau l'avait guérie.

Lui qui avait été sorti du marais, lui qui avait été tout à l'heure englouti dans la douleur d'une jambe qu'il n'avait plus, il avait ressuscité une mourante ! La vie était sortie de lui et s'était donnée à une femme morte de soif. Le cheveu d'argent qui les avait unis était bel et bien un des cheveux de Tshakapesh. Le bon vieillard avait relié les deux moitiés de mort pour qu'elles se donnent mutuellement la vie. Et maintenant, Tshakapesh riait dans sa barbe.

* * *

Mais tout cela avait été vécu dans une lumière beaucoup trop claire, avec une certitude de glace, sur un miroir parfaitement lucide. Un instant parfait.

Et donc, lorsque le chasseur s'était senti tiré par une femme innue totalement inconnue, crûment nue, qui plantait ses yeux dans son corps comme dans une viande, lorsqu'il avait compris qu'il ne pourrait plus jamais se relever par lui-même, il avait complètement perdu le fil. Tshakapesh ne lui avait joué qu'un de ses mauvais tours. Il n'avait pas été réveillé du côté des étoiles : il était à nouveau frotté du côté des rochers, de la boue et de la faim, cette fois sans défense, une jambe en moins.

Désespéré, le chasseur retourna dans la guerre de ses rêves et ne voulut plus en sortir. Il s'était évanoui.

Le temps s'en alla à la pêche, pas pressé. Il avait son plan.

* * *

Edechewe se réveilla dans une tente très propre, soulevé par une odeur de sapin, recouvert par une peau d'ours souple et luisante. Il avait l'impression d'avoir un corps de plumes tant il se sentait léger. Au milieu de son uitsh pendait, à l'envers, une gerbe de fleurs séchées dans une couronne de barbe de Tshakapesh. Dans un rond de pierre, de la cendre fumait. Suspendu à une perche, un panier déversait une odeur de viande étrange qu'il n'arrivait pas à discerner. L'écorce sur les perches était fraîche. L'ouverture était fermée à l'aide d'une belle peau de caribou.

Il glissa sa main sur sa cuisse, descendit vers le genou et serra le poing dans le vide. Son cœur cracha dans ses douleurs.

Il n'était toujours pas à l'extrémité céleste du jonc totémique. Il traînait quelque part entre les deux bouts.

Plantées dans la terre à côté du lit de sapin, deux grosses cannes l'attendaient. On pouvait les prendre dans un poing, un rebord remontait vers le coude ; un travail très précis avec des branches de bouleau qu'il n'avait sans doute pas été facile de trouver vu leur forme parfaitement adaptée à leur utilité.

Edechewe regarda longtemps les cannes. Voulait-il vivre ? Son estomac voulait-il manger ? Son cœur voulait-il battre ? Ses muscles voulaient-ils se réveiller ? Sa jambe voulait-elle survivre à la mort de sa jumelle ? Il se consultait.

Mais, pendant ce temps, ses bras avaient empoigné les cannes et l'avaient traîné dehors.

Tous les arbres étaient couverts de barbe de Tshakapesh, même les faux-trembles et les bouleaux. Qu'est-ce que c'était que cette farce ?

Sur une pierre poreuse, il y avait sa hache et une pipe de merisier dans laquelle était incrustée une dent d'ours. Sur une autre pierre, de l'herbe à fumer. Plus loin, une clairière de fleurs rivulaires. Qu'est-ce que c'était que ce décor de shaman ?

Il s'installa pour fumer l'herbe. Son corps se défaisait comme une brume dans le mordant du soleil, et un sourire se mit à craquer sur sa figure.

Il fallait se rendre à l'évidence : Tshakapesh avait choisi.

* * *

La guérison qui avait traversé son corps voulait maintenant continuer autour de lui, à travers ses mains, ses yeux, ses oreilles, son nez et toutes les ouvertures de son cœur. Le prix avait été élevé mais, sans ce prix, aurait-il pu glisser sa fierté dans cette nouvelle peau de guérisseur ?

Trois

Un matin clair comme le cristal s'installa sur la mer. De la rive sud du lac où se trouvait le campement magique du nouveau shaman, on pouvait voir au loin un grand canot d'écorce qui fendait fièrement l'eau en suivant la rive de l'ouest à l'est. Une femme scrutait le bord du lac, quatre enfants suivaient son regard et, derrière, le frère d'Edechewe, Uapush, le lièvre, manœuvrait l'aviron. Il semblait anxieux.

La famille passa devant la clairière de fleurs, mais elle était aveuglée par des éclats de lumière. Uapush avironna plus loin.

Edechewe les regardait passer. Il aima les voir sans en être vu. Il ne bougeait pas. Il laissait le silence travailler. Le canot alla se perdre derrière une pointe, puis ressortit pour revenir sur son sillon.

C'était étrange, tous ces regards qui fouillaient la côte avec trop de force, taponnaient les fourrés, tordaient les trouées, chiffonnaient les feuillages, travaillaient tant qu'ils ne pouvaient rien voir de ce qui était là. C'étaient des yeux qui fabriquaient de l'aveuglement.

Edechewe comprit que ces yeux-là ne voulaient pas le trouver. Ils ravalaient quelque chose qu'ils ne voulaient pas voir.

La main de la femme alla rejoindre la main d'Uapush. Celui-ci vérifiait la disparition de son frère en suivant le bord de la rivière, et il y arrivait parfaitement. Il avait vu que son frère n'était plus dans le marais, mais il n'avait pas vu les traces d'une femme et la traînée d'un pied. Il avait vu un trou plus grand que de coutume dans le marais, comme un enfoncement, mais il n'avait pas vu que la hache n'était plus plantée dans la souche. Il avait suivi la côte en se laissant éblouir par la lumière, ne regardant jamais dans l'ombre. Il bouchait les trous, il fuyait les indices. La femme s'efforçait de rester à l'intérieur de l'image que dessinait Uapush. Les enfants, eux, observaient les poissons qui tournaient autour du canot.

Edechewe, de son côté, laissa sa propre vue travailler. Et elle travailla. Elle travailla même sur les deux côtés du monde.

Sur le côté extérieur des choses, Edechewe n'avait pas beaucoup à faire : il voyait simplement ce qui se passait, et il le laissait intact. La main d'un frère qui touche la main de sa femme, c'est tout, c'est rien. Mais, du côté intérieur, Edechewe travaillait avec son couteau, il cisaillait ses souvenirs, il les sculptait de nouveau : un ouvrage colossal. Il fallait revenir aux faits. Un matin qu'il était rentré de chasse, il avait surpris Uapush à donner une infusion d'écorce à sa femme. Une nuit, il avait trouvé son frère près de sa femme, il lui réchauffait les pieds…

Edechewe revoyait toutes ces attentions. Uapush n'avait jamais chassé en même temps que lui, question d'aider la famille. Il était toujours avec les enfants… C'était vraiment un frère très attentif à sa famille !

Après qu'il eut vu, Edechewe sentit qu'il n'était plus un mari ; il n'était même plus un père.

Son frère avait une très belle famille, une femme qu'il aimait et qui l'aimait, des enfants qui étaient sans doute les siens par le lien et peut-être par le sang. Ce cercle familial se suffisait à lui-même. Lui, Edechewe, n'avait jamais manqué une chasse, avait dormi le plus souvent en forêt, n'avait rien aimé autant que d'observer le souffle des baleines, là-bas, à l'embouchure du grau de l'Uinipek, à trois jours de canot du village. Il comprenait maintenant les serrements de cuisses de sa femme les rares fois qu'il la prenait dans son intimité.

Edechewe sourit. C'était très drôle, ce retournement. Ce qui lui plaisait surtout, c'était de voir le détachement qu'il avait toujours ressenti pour sa famille. Il se voyait indifférent, et cette indifférence ne lui causait plus aucun malaise. Ce qui avait été un poids était devenu un soulagement.

En fait, il n'avait jamais trouvé de différence entre toutes les familles du village. Elles étaient toutes aussi belles, chacune à sa façon, toutes boiteuses sous certains angles, toutes agréables à certaines heures, toutes désagréables à d'autres; on aurait dit des nœuds de vents sur une mer placide, des touffes de bruits bourdonnant dans ses oreilles. Lui préférait les grands espaces et le mouvement fluide d'un rorqual.

Une femme avait sauté sur l'occasion pour jouir du meilleur chasseur et du meilleur amant. Elle avait obtenu les deux. Était-ce sa faute si ces deux hommes n'étaient pas le même ?

Edechewe se rendit compte qu'il n'avait jamais eu de préférence ni pour les familles ni pour les femmes… Il aimait mieux l'eau et le sel. Une baleine, c'est tellement limpide… Tout devient bulles d'eau lorsque la baleine dégage sa queue pour plonger dans le fond de l'océan. Son esprit se consacre au bullage des malheurs et des honneurs. Encapsulés, ceux-ci flottent à la dérive. La baleine plonge. La baleine remonte. Elle a vu le fond, elle a vu la nuit, non pas la nuit des étoiles, mais la nuit sourde du grondement des profondeurs du tambour, et elle en revient gavée et heureuse.

Qui a fait cette expérience n'a plus rien à faire du bruit et des différentes familles du bruit. Ce ne sont que des bulles.

La baleine témoigne du fond. Elle pourrait en revenir désespérée, elle en revient satisfaite. Cette satisfaction, c'est celle qu'éprouverait le chasseur si on soutenait son pied pour qu'il puisse enfin voyager dans tout son être, dans les lieux les plus profonds de son être, là où la vie se retourne dans ses propres entrailles.

Le canot d'Uapush repartit au large, avec sa femme et ses enfants.

Les dos de l'homme et de la femme formaient comme des ailes de pigeon, et les enfants remplumaient la queue. Le chasseur de baleine riait : il était délivré de sa famille. Il avait jadis construit une vie dans le village. C'était un poids, c'était un mensonge. Ce poids et ce mensonge s'en allaient avec le canot.

* * *

Edechewe se réveilla.

Les vents s'étaient jetés sur le lac salé, fous et noirs. Le ciel tremblait comme un caribou qui secoue sa fourrure. La pluie inondait le rond de feu par le trou à fumée.

L'écorce, secouée de tous bords et de tous côtés, se retenait aux perches par les griffes de ses coutures.

Comment se faisait-il qu'il ne se sente pas seul ? Pourquoi était-il si assuré que quelqu'un était là, tout près, qui prenait soin de tout ?

Maintenant, le vent lançait de l'eau partout, on entendait des branches se casser, la tente se retenait à deux mains pour ne pas s'envoler avec les mouettes, et il savait, lui, que ce n'était qu'un jeu, une farce de Tshakapesh, qui aimait tant faire peur pour ensuite tout arranger à sa façon.

Le trois-pieds s'endormit dans les bras de la grande baleine.

* * *

Au matin, le vent s'était apaisé. Edechewe empoigna ses cannes, sortit de la tente et sautilla jusqu'à la mer. Il aima cette nouvelle façon de marcher. Il se sentait unique, le seul trois-pieds de la région.

Un petit canot barbotait sur le bord. Ce n'était pas un canot du village, il portait le signe de l'hirondelle. Dedans, il y avait un aviron, des provisions et une vessie de caribou pleine d'eau. À la poupe, une touffe de barbe de Tshakapesh enveloppait trois fleurs.

Il s'embarqua pour le village.

Une belle journée chaude. Le canot glissait plutôt mal, il tirait de l'arrière comme si une carcasse de phoque y était accrochée. Des bulles se formaient à la poupe, mais il n'y avait pas de phoque. C'était sans doute parce que les bras du chasseur n'avaient pas encore retrouvé toutes leurs forces et que sa jambe unique avait un peu de mal à redécouvrir l'équilibre du mouvement. Et les bulles ? Un tour de Tshakapesh. Et le jonc qui sortait à la surface de l'eau ? Il ne l'avait pas vu.

La traversée dura toute la journée.

Au déclin, le soleil se retenait entre deux montagnes, ne voulant rien perdre du spectacle. Le canot avançait vers le village. La résistance l'avait quitté. Un coup d'aviron le faisait glisser comme un canard heureux. Il était maintenant clairement visible à partir du village. Le tronc et la tête d'Edechewe sortaient nettement de l'embarcation. Un tronc superbe, un regard tranquille.

L'homme goûtait cette sérénité du soir. Le soleil ramollissait entre ses deux montagnes. Le jaune d'un œuf glissait sur les personnages du village. Chacun du village s'approchait de la berge, le visage jauni de vérité. Edechewe voyait des signes, regardait des mâchoires bouger, voyait toutes sortes de mouvements, de regards, de torsions de lèvres, mais il n'entendait rien. Un bruit de bouches parvenait à ses oreilles, mais c'était juste du bruit. Les regards, eux, parlaient, criaient même, et il les comprenait aussi bien qu'une mère comprend les grimaces de son bébé.

Sourd aux mots qui sortaient des bouches, il pouvait entendre les visages. Il était passé des mensonges à la vérité.

Tout pouvait arriver ; ce ne serait jamais qu'un peu de rien, de rien du tout, car lui demeurait dans la grande baleine bleue du ciel et de la terre avec Tshakapesh pour ami. Jouez tout un village si vous voulez, jouez toujours, ce ne sera jamais rien d'autre qu'un peu de bulles sur le coin d'une lèvre.

Il vit le sourire forcer à deux mains sur les lèvres de sa femme et finir par en lever les deux pointes comme une moustache de phoque. Et son frère détacher sa main de la main qu'il avait serrée de peur. Et les enfants étonnés. Et tout le monde abasourdi. Et le village figé dans le jaune rougissant du soleil.

Tshakapesh riait si fort que personne ne l'entendait, et toutes les faces sérieuses firent craquer le soleil dans un grand éclat, si bien qu'il chavira d'un seul coup de l'autre côté de l'horizon, dans un roulement de rires et de larmes.

L'eau forma une onde sous le canot, et celui-ci s'approcha du village sans que l'aviron touche le lac. Un jonc derrière sortait de l'eau et poussait le canot. L'homme-baleine n'était pas surpris d'avancer par son seul désir. Tout lui était naturel, maintenant. Lorsqu'il se leva sur ses cannes, et qu'il sauta sur le bord, et qu'il marcha vers sa femme, il y avait tant de dignité dans ses étranges pas que personne n'arrivait à bouger.

Et il dit simplement :

« N'ayez pas peur, je ne suis pas un fantôme, je veux faire en dehors de moi ce qui a été fait au-dedans de moi. »

Tout le monde comprit qu'un guérisseur était arrivé au village. On lui fit un uitsh dans une clairière à quelques pas des siens.

Quatre

Deux lunes avaient passé depuis le retour d'Edechewe au village.

L'été cuisait les pierres qui dormaient devant l'uitsh du trois-pieds. Il n'y avait pas de meilleure clairière, de plus lumineuse. La tente éclatait de blancheur : une peau de renard blanc fermait la porte sur les écorces de bouleau. Le vent refusait d'approcher. Même les odeurs filaient doux et se lavaient les pieds avant de sortir du bois pour entrer dans l'abri du shaman.

Edechewe avait apaisé sa femme. C'est lui qui l'avait trompée et qui avait abusé d'elle. Il ne savait pas dire : « Je ne suis pas bien de t'aimer. »

Il voyait maintenant qu'il n'avait jamais rien vu. Depuis sa guérison, il n'éprouvait plus le besoin de se raconter des histoires. Il avait été sincère avec elle, mais il ne savait même pas qu'il y avait un plancher dans le cœur sur lequel on pouvait marcher en toute vérité. Il croyait que le cœur n'était qu'un lac, une grosse masse liquide, et que, si l'on soufflait sur l'eau, on pouvait provoquer un courant, un sens, une direction, un amour par sa seule volonté.

Sa femme l'avait regardé avec une telle tendresse et une compréhension si complète qu'il n'était même plus possible pour elle d'envisager de coucher avec lui : ç'aurait été une profanation. Edechewe avait même réussi à détacher son frère du fond de culpabilité qui l'empêchait depuis toujours de chasser avec succès. Uapush s'était maintenant intégré à un groupe de chasse et apportait de la viande à la famille.

Après cette réconciliation, on lui avait amené deux enfants malades et fiévreux. Ils étaient repartis de sa tente en riant et en jouant. Une autre journée, il avait soulagé une grave brûlure ; l'homme avait pleuré de joie. Mais surtout, il apaisait tout le monde. Toutes les chicanes perdaient leur ardeur et leurs épines dès qu'elles osaient s'approcher de la tente blanche. Tout à coup, ce n'était plus rien : un jeu d'enfant qui faisait rire. Ce qui était un drame lorsque l'on montait vers la colline du shaman n'était plus qu'une farce lorsque l'on redescendait.

Il faisait bon de vivre à Sheshatshiu, entre l'Uinipek et l'uitsh blanc d'Edechewe.

* * *

Et puis, un jour, on entendit une femme, descendant d'une montagne, chanter dans une langue innue qui n'était pas tout à fait celle du village. On ne la connaissait pas. Elle était couverte d'un pagne de fourrure d'ours, du sang coulait de sa poitrine. Elle était gravement blessée. Des griffes d'ours ou de loup l'avaient déchirée. Les sillons étaient souillés de terre et de bave. La blessure hideuse et effrayante formait une sorte d'enflure sur sa peau. La femme fredonnait le chant de la fin. Sa voix faiblissait.

Tout le monde se rassembla. Trois-pieds avait entendu le chant, les bruits et les cris. Il descendit de sa colline. On lui apporta un seau d'eau.

Il prit de la barbe de Tshakapesh, la plongea dans le seau d'écorce et lava la plaie. Celle-ci disparut comme une tache de terre dans un torrent d'eau claire.

Tout le monde recula de peur.

Sous les mains d'Edechewe, la poitrine de la femme devint brillante, les pointes des mamelons étincelèrent, les sphères soyeuses luisirent, le ventre légèrement rond sous le nombril miroita... Elle était enceinte depuis peu, et le cœur du guérisseur fondait manifestement devant elle.

Lorsqu'il eut compris qu'il l'avait non seulement guérie, mais transfigurée en quelque chose comme la lune, il se mit à frémir. Il allait se réveiller d'un rêve... C'était trop extraordinaire. Mais tout était extraordinaire depuis que Tshakapesh l'avait choisi.

Pour qu'il ne se réveille pas, la femme prit la nuque d'Edechewe et fit pivoter son visage vers elle. À ce moment précis, il s'enfonça dans sa propre chair d'homme, une chair qu'il n'avait jamais réellement habitée. La femme qu'il avait dans ses bras effaça tout son passé vaporeux. Il venait d'arriver au monde, et il n'y avait dans ce monde que ce visage, ces seins, ce ventre, ces bras, ce cœur palpitant qui l'entraînaient dans un univers qu'il ne connaissait pas.

La baleine allait plonger... Le village n'existait plus.

Il était dans les yeux de Shashauan, en pleine mer, et des souffles de baleine jaillissaient de partout. Il avait déjà vu cette femme en rêve. C'était vague, il n'était pas sûr des traits, ni du corps, ni de la lumière, ni même de la couleur des yeux, mais c'était la même mer, les mêmes souffles de baleine. C'était immense, bien plus grand que le ciel bleu ou la nuit percée d'étoiles : c'était absolu. Car les étoiles, on peut les voir, et tous les ceci et tous les cela, on en fait le tour avec la main ou avec les yeux, c'est délimité, alors qu'elle, c'était tout ce qui pouvait être mais ne serait jamais, et cela, dans un corps.

Le village réussit à sortir de sa stupeur. On alla chercher des fleurs. On alluma un feu. On mit sur le feu de la viande de caribou. On sortit d'un trou de pierre de la graisse blanche de caribou et on l'amena jusqu'au feu. Tout le monde alla chercher ses plus beaux vêtements, ses plus belles parures. Des jeunes filles revêtirent l'étrangère d'une belle robe de cuir souple… Le mariage dura tout le reste de la journée, tout le rouge du soir, jusqu'à ce que les étoiles se mettent à pleurer.

Alors tout le monde alla s'abriter de la pluie, et Edechewe entraîna son épouse dans son uitsh.

Là, maintenant, il aurait voulu avoir deux jambes pour la soulever jusqu'à sa couche. Trois gouttes d'amertume tombèrent sur sa langue, mais déjà la salive de la femme les dissolvait.

* * *

Un grand-père ne pourra jamais décrire cette nuit de noces. Seul le dedans des écorces connaît ces choses.

* * *

Il n'est pas fréquent qu'une femme sache aussi clairement qu'elle a fabriqué de toutes pièces l'homme et sa force, le shaman et sa magie. Cette force qui la prenait maintenant dans ses bras, elle l'avait semée plusieurs mois auparavant. Elle en avait pris soin comme un grand-père prend soin de sa petite-fille, à distance, avec tous les outils du mystère. Elle avait réussi à faire d'un restant, d'un mourant, d'un condamné un être si sûr de lui, si serein que même les tempêtes l'écoutaient.

Elle le regardait la regarder. Ses yeux brillaient comme jamais des yeux n'avaient brillé...

Tout à coup, Shashauan devenait le plus grand des mystères : « L'homme, se disait-elle, n'est pas une bête comme les autres : le louveteau devient forcément un loup, le levraut devient un lièvre, le faon devient un cerf, mais l'homme n'est qu'un trou vide dans lequel on peut faire surgir un ours, une perdrix, un phoque, un chasseur, un pleutre ou un shaman. Ce n'est pas un morceau de bois que l'on taille au couteau, il n'y a pas de bois en lui. Il n'y a qu'un trou vide. Pour une part, ce qui en sort dépend de l'homme, car s'il ne se donne pas tout entier à l'action, il reste vide, aussi vide qu'un seau d'écorce mal cousu. Mais s'il se donne, s'il se veut, il devient tout ce que l'on fait de lui. »

« Lui, il est shaman, mais moi, l'hirondelle qui ai fait de ce demi-mort un shaman, qui suis-je ? »

Elle savait bien qu'elle avait tout fait non par mensonge, mais par nécessité.

Il n'y a pas de place gratuite dans un village : il faut tailler sa place, car si l'homme est un trou vide, le village, lui, est un ensemble de morceaux de bois qui doivent trouver leur rôle les uns par rapport aux autres. Dans ce bois, chacun taille sa place. Et, si on ne la taille pas, on se retrouve sous tout le monde, la face dans l'eau, le dos sous la langue des autres. Cette vie-là, elle n'en voulait pas… Elle portait un enfant, un enfant du Grand Nord…

Alors, lorsqu'elle avait vu la belle moitié d'homme complètement gaspillée dans le marais, son plan avait germé. Elle s'était fait un mari et un shaman. L'un pour l'aimer, l'autre pour lui assurer une place dans le village.

Mais elle, Shashauan, elle qui avait fait le mari et le shaman, qui était-elle ? Qui avait fait d'elle la mère de cet homme ?

Elle se tenait devant son propre gouffre intérieur et créateur, et le vertige lui donna une angoisse sans remède.

* * *

Le trois-pieds était devenu le centre du village. On venait à lui pour toutes les petites et les grandes souffrances ; même son frère était venu le voir pour lui demander une herbe qui ferait de lui un meilleur mari. Edechewe prenait n'importe quelle herbe, il savait que la guérison venait de sa sécurité et que sa sécurité lui venait des guérisons qu'il avait déjà accomplies, que c'était un cercle qui se faisait tout seul, dans le rire de Tshakapesh. C'était un simple don. Il n'en tirait aucune gloire. Il s'occupait simplement de ne rien vouloir, et de laisser Tshakapesh s'amuser à sa guise.

Évidemment, il ne donnait jamais de conseils, car s'il l'avait fait, par quel miracle la personne serait-elle repartie confiante en ses moyens ? Il s'occupait seulement d'écouter assez longtemps et assez complètement pour que la partie saine guérisse la partie malsaine et ainsi acquière la confiance. Si nécessaire, il donnait une herbe ou faisait un geste pour joindre les deux bouts suspendus du malade. Et la personne s'en allait un peu plus unie.

* * *

Ce qui n'avait pas été prévu, c'est la tornade grossissante et l'ensorcellement illimité qu'exerçait, à son insu, Shashauan.

Edechewe coulait littéralement dans le maelström. Cela se passait comme si le mouvement circulaire d'une baleine avait entraîné avec lui tous les courants de l'eau et par eux, tous les courants de l'air, et par eux, tous les courants du feu, si bien que tous les points cardinaux, l'est, le nord, l'ouest, le sud, s'étaient mis à tourner et à tourner, et que plus rien de transversal, ni un doute, ni une contrainte, ni un élément, ni une bête, ni une chose, ne résistait d'aucune façon. Alors, dans l'accélération de soi en soi par soi, au moment où toutes les forces et toutes les choses s'engouffraient dans le même élan, l'être s'effondrait en lui-même dans le sexe d'une femme, le monde entier se retournait dans sa peau à elle.

* * *

Il n'y avait plus de montagnes autour de lui, ni d'arbres, ni de lac, ni de village, ni d'amis, ni de tente, ni de chasse, ni de baleines, ni de voûte céleste, ni d'étoiles, ni d'ancêtres ; tout cela disparaissait dans son mouvement. Il ne pensait qu'à caresser ce corps qui se prêtait à lui. Il ne pensait qu'à entrer dans ce corps, à s'enfoncer dans son mystère. Il y avait dans les yeux de cette femme quelque chose de si triste, de si mystérieux, quelque chose qui ne croyait plus en la magie de quoi que ce soit, qui ne voulait plus, qui ne désirait plus, quelque chose qui espérait simplement disparaître, plonger dans la mer...

Edechewe s'épuisait dans ce nouvel univers. Il ne délaissait un sein que pour arriver à l'autre, il ne quittait les yeux que pour atteindre le sexe, il n'abandonnait le ventre que pour rejoindre le dos, il manipulait toute cette chaleur, toute cette douceur, toute cette odeur, toute cette spongiosité avec toute son impuissance à se guérir lui-même. D'ailleurs, il ne voulait surtout pas guérir. Il se voulait malade d'elle, et il la voulait malade de lui.

Mais elle n'était pas malade de lui, elle n'était pas malade du tout : elle était simplement devant le gouffre de ses propres pouvoirs créateurs.

Mère de shaman. A-t-on idée ?

Elle se donnait à lui, elle se livrait au plaisir comme une noyée tend les mains à un secours. Mais il n'y avait pas de mains, puisque les mains du sorcier étaient ses propres mains à elle, son invention. Et plus il savait y faire, plus la sensation l'emportait, plus elle se savait prisonnière de ses propres forces, qu'elle mettait elle-même en lui. Elle était le lac sous le vent, la montagne sous le soleil rougissant, la lune sous les étoiles, la pulpe de la terre sous les sabots du caribou. Son esprit se dissolvait dans la sensation de sortir l'acte créateur de son propre néant. Et elle ne voulait pas d'autres mondes. Elle aurait simplement désiré qu'un corps soit sous elle, dans sa propre fermeté, dans sa propre volonté, comme le roc fondamental qui sépare la terre féconde du feu créateur.

Mais il n'y avait pas de socle : tout sortait directement du gouffre noir de son esprit.

Lui n'était jamais étendu, n'était jamais couché sur le sol. Il était loin d'être une pierre fondamentale : il était une simple fabrication, un rêve que l'on a réussi à incarner. À vrai dire, il était plutôt tout entier perdu dans un pays qu'il auscultait, qui était d'une certaine façon son origine. Une femme. La femme. Il s'était perdu dans un Nitassinan qu'il tentait de découvrir, une terre d'autant plus fascinante et intrigante qu'elle n'était rien, rien que le bruit d'une hirondelle. Mais ce rien l'avait fait tout entier. Shaman puissant.

Autour du cyclone mâle qui la caressait, Shashauan voyait une peur terrible se former : s'il se réveillait un matin et que cette femme n'était plus là…

Jamais le shaman ne pouvait s'approcher de cette possibilité, même pas un peu ; jamais il ne pouvait dévisager cette peur, ni même la ressentir. Mais elle était là, aussi consistante que le bord du lac. Elle était le contenant inavouable de toute l'eau qu'il était et de toute la rage d'aimer à laquelle il s'était livré.

Shashauan était son contenant et, si elle s'évasait, lui se déviderait. Et s'il se dévidait, elle, Shashauan, n'était plus rien. C'était comme tenir son être dans ses propres mains. Une terrible sensation. Avoir pour contenant un mensonge sacré, et savoir que ce contenant, c'est soi-même autour de soi-même, cette sensation, qui peut la supporter ?

Pour le shaman, tout n'était plus rien. Que le village disparaisse ! Ce n'était rien. Que son frère en vienne à se jeter en bas d'une falaise ! Ce n'était rien. Que sa première épouse et les enfants meurent de faim cet hiver ! Ce n'était rien. Que lui, le trois-pieds, perde sa jambe, ou même son sexe, ou même ses mains, cela n'était rien, car il lui resterait encore la bouche, le nez, les cheveux pour couvrir cette peau soyeuse dont il ne pouvait plus se passer. Et s'il mourait, cela ne serait rien non plus, puisqu'il emporterait sa belle épouse avec lui dans le mystère de la mort. Tout n'était rien, sauf Shashauan, car, si elle le quittait, même la mort ne pourrait le délivrer.

Si cette peur était terrible, c'est qu'au fond d'un homme, de tout homme, il y a la certitude, insoutenable mais absolue, que ce qu'il tient pour tout le quittera comme si ce n'était rien. Au fond de lui, il sait qu'il est tout entier sorti du mystère féminin.

* * *

Shashauan voyait le prix qu'il avait fallu payer pour fabriquer ce shaman. L'homme se perdait dans son origine, il ne pouvait plus reposer sur son propre fondement. Il était attaché à elle comme un oiseau à l'air. Si l'air se vide, l'oiseau tombe. De ce fait, elle était maintenant enfermée dans une prison de caresses et de plaisirs qui allait s'effondrer dès qu'elle cesserait d'y croire.

Ce qui était inévitable, puisque lui, l'homme, venait d'elle.

Il n'y avait pas de fond, rien d'autre que le vol circulaire d'une hirondelle.

Cinq

Il ne restait plus qu'une lune avant les premières neiges. Ce jour-là, l'Uinipek frémit.

Une brume blanche, épaisse comme du lait caillé, flottait au-dessus d'une bonne couche d'air limpide. Le couvercle blanc donnait un effet d'écrasement, et la clarté entre la brume et le lac salin avait quelque chose de la densité de l'eau : on se serait cru plongé dans un lac clair entre ciel et mer. Les poumons qui avalaient cet air si pur s'étoilaient jusque dans les yeux. Le son voyageait si parfaitement que les oiseaux se retenaient de chanter. L'Uinipek scintillait, forçait les paupières à se plisser, et les yeux se mouillaient.

Les enfants étaient sortis en premier, comme aspirés par ce calme éblouissant. Ils regardaient l'Uinipek. Au loin, la côte s'était surélevée ; un tapis vert oscillait sous elle. Sur le lac, les moirures d'un mirage serpentaient verticalement. L'étrangeté venait de la transparence de l'air, qui miroitait comme de l'humidité sur un feu. Elle transportait parfaitement les couleurs. Mais les couleurs, échevelées, s'étaient débarrassées de leurs formes avant de s'échouer, toutes nues, sur la berge. Tout était visible, mais rien n'était reconnaissable.

Les enfants restaient debout, immobiles, à l'affût, car de ce mirage pouvait sortir n'importe quel géant, Atshen ou grimace de Tshakapesh.

Les femmes, toujours à l'intérieur des tentes, tassaient du bras la fourrure d'entrée et plantaient leurs yeux dans la barre bleue qui s'étendait entre la brume et le lac. Les hommes passaient sous leurs bras, sortaient en plaçant la main sur leurs sourcils et regardaient au loin. Tout le monde trouait la clarté pour rejoindre quelque chose que l'on ne distinguait pas.

Le village retenait son souffle.

À travers les clapotis, on entendait un aviron trancher l'eau. Le bruit fin fendait l'air, claquait sur des rebords invisibles et se multipliait. Les gouttes qui tombaient de l'aviron chantaient dans les oreilles. Le scintillement gardait son secret. On ne distinguait rien.

Progressivement, une forme se dessinait dans les éclats de la lumière. Un point sombre et rougeâtre s'étirait au-dessus des écailles d'argent. L'homme avançait droit sur le village, les cheveux hérissés comme le pelage d'un porc-épic, la tête à peine détachée des épaules ; il utilisait une pagaie plutôt qu'un aviron.

Il sortait d'une solitude que l'on sentait infinie. Peut-être même arrivait-il de la mort. La brume blanche qui écrasait l'air sur le lac formait son chapeau, un immense plateau de neige. Il déplaçait le silence.

Le canot était fortement calé, le chasseur n'arrivait pas les mains vides. Il venait droit devant, le regard fier, le sourire sûr.

Un Inuit sur un canot d'écorce !

« Le fils de Silattuq », laissa tomber un vieux du village.

Et tous les gens d'âge mûr reconnurent les traits du grand chasseur de baleine dans le jeune homme qui arrivait.

«Silattuq», répéta doucement Edechewe sans pouvoir remonter la lèvre inférieure.

Il lui devait tout. L'éminent chasseur inuit lui avait enseigné l'art du kayak et de la chasse à la baleine. Un instant, son cœur s'ouvrit complètement, puis il se referma comme une mâchoire sur un mal de dents. Pourquoi ? Il ne le savait pas, il ne le discernait pas, mais un raisonnement déambulait à l'arrière de son esprit. Le canot sur lequel flottait le jeune Inuit était en tout identique à celui que Tshakapesh lui avait laissé pour revenir à son village, sauf pour la gravure d'un ours plutôt que d'une hirondelle...

Il ne laissa pas la chance au raisonnement de se terminer, il se retourna...

Shashauan remontait déjà la colline.

* * *

Le canot n'avait pas touché la berge qu'un feu était allumé, qu'un tambour cherchait le rythme et que des danseurs cassaient les glaces du silence.

Arvik fut reçu en héros.

Jadis, sa famille avait sauvé le village d'une grande famine grâce à une énorme baleine que les Inuits, avec l'aide des villageois, avaient réussi à faire échouer sur la grève de la côte. Depuis ce temps, les Innus organisaient là, avec les gens du village de la côte, des chasses au rorqual, au narval et au cachalot, selon les occasions. Aucun des deux villages ne craignait plus les famines.

Edechewe était retourné à son uitsh. Il insista pour que sa femme mette sa robe de cuir et ses bijoux d'apparat. Elle y consacra d'ailleurs un temps interminable. Le shaman laissa faire, car il n'était pas pressé, lui non plus, de rejoindre Arvik à la fête.

Des enfants venaient apporter des nouvelles et repartaient avec des prétextes.

Edechewe n'interrogea pas Shashauan, car il ne voulait pas de réponses, pas plus que de questions. Il rassembla sur une peau de loutre les quelques amulettes qu'il avait fabriquées dans le marais, des plumes d'oiseaux des bois, des dents de rongeurs... Il regarda un long moment son petit trésor sur la peau de loutre. Il chercha autour de lui. Il prit des petites pierres de couleur au hasard et les déposa dans le tas.

Il se rendit compte qu'il n'avait pas d'autres trésors, sinon la présence de Tshakapesh. Il ferma un très long moment les yeux.

* * *

Lorsque le couple descendit enfin de la colline, une barre rouge peinait à retenir le nuage noir d'une nuit qui s'annonçait opaque et humide. Arvik avait déchargé deux carcasses de caribou, de la viande de bœuf musqué, du poisson séché. Tout cela cuisait. Les graisses explosaient dans la braise, et tous les visages ressemblaient à des boules de feu. Le blanc des yeux luisait et les regards se mesuraient les uns les autres.

Edechewe arriva et jeta son pauvre trésor sous les pieds des danseurs. Personne ne s'aperçut de rien. Ce fut comme une poudre magique. Le sable se mit à absorber le cognement du tambour et les tapements de pied. Les chants se refermaient sur les oreilles. Les étincelles du feu forçaient les paupières à trépigner. Chacun entrait dans l'isolement de ses propres cris intérieurs.

Une fumée verdâtre se mit à effacer un à un les traits distinctifs des visages. Le village devenait incompréhensible. La danse piétinait, le rythme se désarticulait. On aurait dit une canardière vaseuse brassée par des atshens. Les corbeaux tournaient autour du feu en crevant des taches d'ombres. Sans arrêt, des mains plongeaient dans les deux corps de caribous. Les bouches dégoulinaient de jus. Tout cela tournait, tournait dans les fourrures de la nuit. Le village s'enfouissait dans la fête comme les viandes dans les bouches. Un fouillis envahissait le village. Le tambour et les cris s'efforçaient d'émerger. Une peur sourde s'infiltrait partout. Les enfants s'étaient tous réfugiés sous le même abri. Un grand-père leur racontait des histoires d'épouvante.

Arvik savait qu'il devait ménager le village, il savait bien que Shashauan devait être là, quelque part dans la fête, mais à quel titre ? Il fallait être prudent, car un village tient parfois à deux ou trois méprises.

Le feu se fatiguait. La flamme s'évasait dans l'air épais. Les robes et les pagnes tournaient, les cheveux pivotaient, les bras virevoltaient. Le lac gémissait. La fête tout entière se noyait dans les salives de la nuit brune. Les bulbes blancs des yeux se lançaient des dards à travers la fumée.

Cependant, peu à peu, les amulettes d'Edechewe disparaissaient dans le sable.

Progressivement, les regards se mirent à se rechercher dans les sueurs rousses de la fête. On commençait à se reconnaître. On avait trop mangé. Le héros avait trop donné. On cherchait la signification de cette émotion qui s'était enterrée elle-même. Les regards se croisaient.

Et, tout à coup, dans les croisements, un éclair stria l'air brun : Arvik avait vu la main de Shashauan glisser sur le bras du trois-pieds. On se mit à entendre comme un fond de rumeur ; des chuchotements circulaient dans la danse. Dans le piétinement, la percussion du tambour, le crépitement du feu, des bouts de rires tripotaient des bouts de mots. L'odeur des lardons pétillait dans la braise. Le hachement des lueurs aveuglait, la pesanteur de la nuit écrasait… Personne n'arrivait à voir les atshens qui agitaient la fête. Shashauan avait regagné l'uitsh de son homme.

Jamais Arvik ne se retrouva près du shaman. Entre eux surgissaient sans cesse des tourneurs et des chanteurs. Néanmoins, si quelqu'un avait mis l'oreille sur une des grosses pierres qui entouraient le feu, il aurait entendu le grondement du roc et le tremblement de la terre.

Un duel étrange était lancé.

Il est facile de capturer une femme et de la ramener dans sa tente, mais cela ne l'attache pas à l'homme. Arvik voulait que Shashauan le regarde comme Sedna regardait l'oumiak de son père, plus intensément encore, qu'elle ne puisse plus supporter un seul petit morceau d'espace qui ne porterait pas son odeur.

Dans un coup d'œil, Arvik avait compris que le sorcier revenait du même Nitassinan que lui, du même froid, et qu'il avait, lui aussi, mis du roc dans ses épaules, du bois de mer dans ses bras, de la hache de pierre dans sa main, de la dent de loup dans sa bouche, et un immense rouleau de patience sur sa nuque. Mais cela n'était rien. Cela, il pouvait le vaincre.

La question : le shaman voulait-il Shashauan comme lui la voulait ? L'avait-il dans son corps comme lui l'avait arrimée dans sa chair, comme un os dans des ligaments ? Si c'était le cas, le combat serait sans merci. Cela aussi, il pouvait l'envisager. La mort n'avait plus rien à voir avec lui, mais le vent qui s'attache à une montagne, ce vent qui remonte jusqu'à la cime en déracinant tous les grimpeurs, c'était lui.

Non, la vraie question lui échappait, échappait à tous ses pouvoirs : elle, Shashauan, de qui avait-elle besoin ? Lorsqu'elle était devant la grande nuit du monde, qui voulait-elle à ses côtés ? Qui pouvait la soulager ? La question, la seule et unique question était la suivante : avec qui la femme choisirait-elle d'affronter les trois ou quatre prochains hivers ? Question terrible, car la question vivait et errait dans la peau de Shashauan, et non dans le pouvoir d'aucun des deux hommes.

Cette nuit-là, Shashauan avait détourné les yeux d'Arvik et elle les avait aussi détournés d'Edechewe. Elle s'était retirée, réfugiée, comme Sedna, dans les profondeurs de son propre être. Elle gardait son cœur pour elle comme si elle pouvait affronter seule la grande demeure, l'ultime contenant de toutes les âmes.

Les deux hommes perçurent en même temps que la femme leur échappait. Shashauan, qui avait tant aimé Arvik et qui avait tant aimé Edechewe, s'était retirée dans son propre cœur, ne savait plus à qui se donner, ne savait même plus si elle voulait se donner.

Six

Durant l'hiver, quelques jeunes du village de la côte étaient venus à Sheshatshiu. Il en était résulté la promesse de deux mariages, prévus pour être célébrés au village côtier, à l'occasion de la chasse annuelle à la baleine noire.

Vers la fin de l'hiver, un fils, mon arrière-petit-fils, lança son premier cri dans les bras de sa mère. Shashauan le nourrit et le soigna comme un morceau de sa propre chair. Elle le gardait sur elle, loin des yeux et des doigts d'Edechewe, hors d'atteinte de son père Arvik, comme un secret.

Le chasseur inuit s'était taillé une belle place dans le village. Il avait dressé un qarmat sur la berge. Presque chaque jour, un pied de vent en caressait les fourrures. Les enfants jouaient autour de lui. Des jeunes filles étaient venues lui apporter des peaux de loup-marin finement tannées et du bois de mer. Il avait fabriqué un kayak devant les enfants, et les plus grands l'avaient aidé. C'était bien le fils de Silattuq : sa pêche était toujours fructueuse. Il savait sculpter l'ivoire encore mieux que le bois. Le soir, il racontait les histoires de son peuple à qui venait l'écouter. Il était comme la santé : il entrait dans le sang. Les filles allumaient des petits feux de boucane dans les bois environnants. Et, ces jours-là, les jeunes hommes n'allaient pas tous à la chasse.

Edechewe restait sur sa colline. Il guérissait les malades, refermait les blessures, apaisait les disputes. Tout lui était offert parce qu'il ne demandait rien, et il n'avait pas de temps pour lui. On l'admirait, on lui était reconnaissant. Il était pourtant sombre, de plus en plus sombre.

Shashauan dormait avec son bébé à bonne distance de son époux.

Personne ne pouvait plus savoir où était le cœur de Shashauan. Peut-être dans ses souvenirs! Peut-être dans un rêve! Peut-être dans l'avenir que contenait son bébé! Elle passait chaque jour en plein cœur du village à tanner les peaux, à coudre un akup ou des ashtishat. Tout le monde pouvait la voir, personne ne pouvait la saisir. Elle ne s'assoyait jamais près d'Arvik.

* * *

Le moment des deux mariages arriva.

Trois canots longs étaient partis très tôt le matin. Évidemment, Arvik et Edechewe étaient du groupe et, tout aussi évidemment, ils occupaient deux canots différents. Leurs kayaks, vides et légers, étaient tirés par les canots. Tout le monde connaissait l'enjeu de l'expédition.

Une fois au village de la côte, une fois les mariages fêtés, on donnerait le départ de la chasse. Chacun des deux chasseurs se lancerait sur son kayak. Les autres iraient sur des canots longs. Les premiers tenteraient de rabattre quelques bêtes sur les deuxièmes, qui profiteraient du spectacle.

Les deux hommes avaient longuement préparé leurs harpons et sculpté minutieusement leurs propulseurs. Arvik y avait gravé Sedna au milieu d'une rangée de narvals ; Edechewe, lui, avait taillé la mâchoire ouverte d'un monstre marin.

Trois femmes étaient de l'expédition : deux allaient à leur mariage, l'autre accompagnait son homme. Ce couple formait d'ailleurs le meilleur rabatteur du village, en tout cas le plus rapide, car il utilisait le même kayak et pagayait de façon parfaitement accordée, autant pour le rythme que pour la force. Shashauan restait au village ; elle avait autre chose à faire. Le bébé d'Arvik tétait son lait et, lorsqu'il suçait, une sorte de vessie gonflée et distendue se formait autour du corps mère-enfant et le séparait du reste du monde.

L'Uinipek étirait ses mille couleurs, ses plumes frémissaient sous le soleil levant. Une brise d'est ralentissait les canots. Tout le village s'était rassemblé sur la colline pour voir disparaître les embarcations.

Cependant, on ne regardait pas les canots, mais la vibration de la mer sous les bancs de brouillard. Les bancs se transformaient en une multitude d'amas compacts qui se balançaient les hanches comme de gros cygnes. Dans les endroits libres, les vagues creusaient le dos lorsque des rayons touchaient leurs reins. Finalement, la lumière et le vent chassèrent les cygnes dans les montagnes. L'air pur n'avait plus de résistance, et des bises se lançaient de l'eau au visage.

Un comportement d'automne hâtif. Alors, instinctivement, on regardait plus haut pour voir le ciel et ses possibles explications.

On ne s'en rend pas toujours compte, mais le ciel occupe la grande part du monde. Et justement, dans le ciel, des nuages énormes, bien plus grands que l'Uinipek, se mitonnaient dans les cheveux bleus du ciel, mais, ne rencontrant aucune opposition, ils se défaisaient, se reformaient par paquets un peu plus sombres qui, en redescendant, faisaient monter du lac des ballots de brumes.

Et tout cela était si grand que, lorsque l'on tentait de refixer le regard sur les trois canots, ils apparaissaient extraordinairement minuscules. Pourtant, on pouvait encore clairement distinguer les passagers. Le lac se couvrait d'écailles et faisait sursauter les embarcations. Des bises s'étaient jetées à l'eau et les vagues claquaient des dents. L'air était de cristal.

L'humidité avait été rassemblée en petits tas que le soleil et les vents avaient montés sur les montagnes. Pour cette raison l'air était d'une transparence parfaite. Pourtant, devant les spectateurs, les canots là-bas et les hommes et les femmes restaient minuscules. Cette chose banale, le fait que l'espace le plus transparent rapetisse les êtres par simple accumulation de distance, ce fait de tout instant, surprenait soudain tout le village rassemblé. Tous regardaient au loin : des personnes qui, la veille encore, occupaient une si grande place dans un uitsh n'étaient plus que des brindilles inoffensives qu'un simple toussotement du lac pouvait déséquilibrer.

Qu'est-ce qui dans l'espace est si recouvrant ? Qu'y a-t-il dans ce volume pourtant si vide capable d'enfouir un homme, de l'engloutir jusqu'à le faire disparaître ? Quel étrange vide : il nous aplatit comme un moucheron dès que la distance augmente ! On dirait un tissu magique qui fait tout disparaître par sa seule et unique épaisseur.

Et puis on retourne la question sur soi. On se sent complètement perdu dans une épaisseur insondable. « De là-bas, je suis, moi aussi, une petite mouche avalée par les oiseaux invisibles de l'espace… »

Tout le village s'était perdu dans cette impression de disparition progressive entraînée par trop de distance. Le bébé de Shashauan se crispa et serra le mamelon.

Plus les canots rapetissaient, plus minuscule devenait le moucheron que l'on était soi-même. Bientôt, on ne les verrait plus du tout, et eux ne nous verraient plus non plus. Nous occuperions deux mondes différents. Et le grand séparateur s'amuserait beaucoup dans ses fourrures magiques à faire grouiller dans les cœurs des angoisses et des inquiétudes.

Néanmoins, le village et Shashauan fixaient les trois canots, qui vibraient dans les poils dorés de l'eau. La future mariée s'était installée sur le bord du sien, sans doute pour uriner un peu de sa nervosité. Et cela fit sourire tout le monde. Mais là-bas, les bises et les risées qui agitaient l'eau n'étaient peut-être pas aussi inoffensives qu'elles le paraissaient de la colline. La femme faillit basculer, elle voulut se retenir en agrippant le banc à deux mains, et c'est le canot qui se renversa sur elle avec tous ses occupants et ses bagages. On voyait des petits points entrer et sortir entre les écailles de l'eau.

Le canot d'Arvik et celui d'Edechewe firent demi-tour afin de rescaper les passagers et les marchandises. On les imaginait rire. Les paquets étaient bien attachés à des flotteurs, rien de grave ne pouvait survenir. Ceux qui avaient chaviré enlevaient sans doute leurs vêtements pour mieux nager. On voyait sortir les têtes de l'eau.

On fixa des avirons aux deux canots de secours pour les stabiliser. On retourna le canot qui avait chaviré, et un nageur le vida à l'aide d'un seau d'écorce. Le vent jouait dans les vagues et les vagues jouaient avec les embarcations. Une femme déjà s'était roulée dans le canot remis à flot. Puis un homme...

Tout à coup, une grosse tête noire surgit entre les deux canots, projetant Arvik et ses coéquipiers dans l'eau.

On ne riait plus.

Qu'est-ce que le séparateur avait bien pu jeter à l'eau ce jour-là? Était-ce un cachalot qui voulait s'amuser? Ou une orque affamée? De la colline, les proportions restaient floues. L'impulsion de la bête avait été si violente et si rapide que personne n'avait pu apercevoir une nageoire caractéristique. Mais l'animal était sans doute gros et puissant.

Edechewe restait assis dans son canot. Les deux rameurs ne bougeaient pas non plus. On aurait dit des statues. Ils attendaient la décision du shaman.

Pendant un temps qui parut infiniment long, celui-ci resta figé sans faire le moindre signe. Finalement, il indiqua une direction. Les avironneurs hésitèrent, puis lancèrent le canot, qui s'éloigna des naufragés à toute vitesse. Il n'y avait rien à comprendre. Un pur acte de lâcheté. Les nageurs agitaient les bras. Rien à faire. Ils commencèrent sans secours les manœuvres pour retourner les canots et les vider. C'était presque désespéré, car la mer bouillonnait.

Le shaman dirigea son canot à gauche, puis à droite, comme s'il recherchait un endroit précis. Soudain, il agita les deux bras à l'horizontale pour signifier de ne plus bouger, il attrapa son couteau, se leva sur son pied et plongea.

Le temps donna un énorme coup de griffes tout le long du ciel limpide.

Jamais le héros ne ressortit de l'eau.

De la colline, on voyait les nageurs qui regardaient fixement devant eux, à l'endroit où avait plongé Edechewe. Après un autre long coup de griffes, très loin on vit nettement la nageoire dorsale d'une orque, qui replongea tranquillement, satisfaite.

Shashauan lança un cri déchirant.

La chasse se termina là. Le canot des deux rameurs revint sur ses pas. Les naufragés furent rescapés. Le village restait stupéfait. La pluie se mit à tomber.

On voyait Arvik sur l'un des canots. Il ne remuait pas, restait la tête baissée, incapable de ramer. Il avait sombré en lui-même.

Sept

Sur une des petites montagnes qui regardaient le lac, on creusa un trou. On tapissa le trou de pierres. On y déposa trois carcasses de phoques, les armes de chasse et ce qui restait des outils magiques du shaman. Le village forma un cercle autour du trou. Assis, silencieux, encore sous le choc, tous attendaient; personne n'osait commencer l'éloge.

Le soleil finit par déchirer la brume, mais il faisait froid et l'humidité entrait dans tous les cœurs.

L'après-midi, il y eut une percée de soleil, et l'Uinipek se découvrit.

La première femme d'Edechewe raconta devant tout le village comment son mari avait été fidèle et bon alors même qu'il se savait trompé. Elle se mordait les lèvres. Uapush, le frère du shaman, voulut parler, mais il ne le put. Une petite fille raconta comment le shaman lui avait appris à situer les étoiles. Un garçon relata sa première trappe avec le chasseur de baleines. Chacun rappela une anecdote, un bon coup ou une gaucherie, une parole ou un geste de l'homme qui avait donné sa vie pour en sauver plusieurs. On gravait des souvenirs sur l'écorce de la mémoire du village.

On chanta toute la nuit un long panégyrique. Puis le silence se mit à remplir les zones laissées vides. On attendit que la faim triture les estomacs, et elle le fit bien assez tôt. On attendit que la pluie tombe, et elle tomba. On attendit que le froid s'installe, et il s'installa. Alors, ensemble, on recouvrit les carcasses des mammifères marins de pierres, et les pierres de terre.

Cela dura deux jours.

Le cercle des hommes et des femmes se reforma autour du monticule. La faim, la soif, le froid pleurèrent abondamment. Des complaintes sortaient de la souffrance, montaient dans l'air et retombaient en trouant la noirceur. À la fin, les phrases se disloquaient comme des papillons. Le ciel se couvrit de couleurs.

Arrivèrent les ancêtres. Un ancêtre frappait sur l'épaule de quelqu'un, il prenait sa place, et l'autre revenait au village. Un à un, tous furent remplacés. Mais Arvik n'avait pas d'ancêtres en ce lieu, alors il resta devant le tumulus.

Shashauan attendait un mot, un signe. Son bébé tirait goulûment sa substance.

Une chouette boréale cria dans le lointain, alors Shashauan quitta les lieux. Elle descendait de la colline lorsqu'elle entendit la proclamation d'Arvik : « Edechewe, tu es plus grand que moi. »

Sa voix se retira dans la montagne.

Shashauan pleura encore un jour. Lorsqu'elle revint sur la colline, Arvik s'était mis à aimer Edechewe mieux que lui-même. Cette soumission l'avait rendu muet, même dans son propre esprit, car la montagne gardait les mots qu'il avait prononcés, et elle ne voulait pas que d'autres mots les remplacent. La succession des mots, ni Arvik ni la montagne ne pouvaient s'y résigner.

Edechewe surmontait Arvik. Et cela, tout le ciel le ressentait.

Il fallut que Shashauan prenne le père de son enfant par la main pour l'arracher à la torpeur. Arvik comprit qu'elle le reprenait, et que les deux hommes feraient un seul dans son cœur. Cependant, l'un dépasserait l'autre à jamais.

* * *

Le temps fit son travail. Et puis, un jour, le premier mot du fils se planta dans le cœur du père : ataata. La corde qui les relia échappa aux mains de Shashauan.

À trois ans, l'enfant reçut un chiot de son père et apprit à se maîtriser lui-même en l'élevant.

Chaque automne, Arvik allait sur la côte pour chasser la baleine noire. Chaque année, il rapportait un narval, un marsouin, de gros phoques, un dauphin, mais jamais une seule baleine.

Tout le monde appréciait Arvik, tout le monde le saluait, jamais aucune parole n'était prononcée contre lui. Car il vivait dans l'ombre d'Edechewe.

Shashauan aussi respectait Arvik. Dans ses périodes chaudes, elle flanquait une jambe de chaque côté de ses hanches et prenait sa semence comme un trésor. Ainsi, elle donna un autre garçon au village. À trois ans, le deuxième enfant reçut à son tour un chiot de son père. Et il apprit, lui aussi, à obéir en entraînant le petit chien à tirer un traîneau.

* * *

Le ciel et la terre pivotèrent l'un sur l'autre plusieurs fois
sans jamais se griffer.

La première femme d'Edechewe accoucha d'une fille
dans les bras de Shashauan. Dès que l'accoucheuse reçut
la boule vivante et visqueuse, tremblante et frémissante,
elle ne put se contenir. Du lait gicla de ses deux seins. Il
y avait tant de vie dans cette boule potelée que l'on aurait dit un saumon jaillissant de l'eau. Shashauan faillit
l'échapper, mais le bébé l'agrippa par les cheveux. Une
boule de pure joie. Le veau d'un caribou déjà prêt pour
la course dans les fjelds.

La mère la donna à Shashauan en échange de son
aîné en signe d'adoption du village ; Shashauan faisait
maintenant partie de Sheshatshiu. Les deux pères s'entendirent pour ne rien changer de leur relation avec
leurs enfants.

Shashauan appela sa fille Kakuna (Je t'aime beaucoup).

Kakuna n'était pas un enfant, mais un troupeau de
jeunes caribous. Elle fuguait dans la forêt en ricanant.
On la retrouvait souvent dans un rond d'herbe à manger
des larves, ou dans un trou de neige avec un renard blanc
qu'elle nourrissait de lemming, ou dans un bois à libérer
un lièvre de son collet. On ne la perdait jamais, car son
rire clair servait de corde, et le tympan de sa maman
d'arrimage.

* * *

La neige et l'herbe pivotèrent l'une sur l'autre encore
plusieurs fois sans se mordre.

Lorsqu'elle eut cinq ans, Kakuna rapporta à sa maman une canine humaine qui avait roulé sur la berge. C'est à ce moment-là que l'on entendit dans tout le village, et partout dans les forêts d'alentour, le gémissement épouvantable de Shashauan. On aurait dit que tout l'Uinipek avait crié. Les montagnes ne voulurent pas réverbérer le gémissement. Elles voulaient le conserver pour elles-mêmes, avec les paroles d'Arvik, dans le roc éternel de leur silence.

À partir de ce jour-là, un groupe de sternes prit l'habitude de passer quelques jours par année de l'autre côté du lac, près du marais.

C'était le signal : Shashauan mouillait son canot et partait avec sa fille pour récolter des herbes autour du marais. Et le lac se calmait, se mettait à chuchoter toutes les douleurs qu'il avait entendues depuis l'arrivée du premier Innu en cette terre des derniers arbres.

« Mon corps est un rassemblement de larmes », disait le lac d'eau salée. Et il pensait à tous les hommes et à toutes les femmes qui étaient venus adoucir son eau de leurs peines. Les larmes ne s'étaient pas mélangées dans ses entrailles, mais avaient formé une peau, et sous la peau, les viscères du lac les digéraient.

* * *

Il y avait près du marais une vieille sterne qui avait fait plus de vingt fois le tour de la terre pour relier l'Extrême-Sud à l'Extrême-Nord ; elle avait survolé les plus grands océans du monde. Elle connaissait tous les vents : ceux qui sont chargés d'humidité et rampent lentement sur la mer en soulevant la frégate ou l'albatros ; ceux qui ont été étirés dans le ciel et dévidés de leur pesanteur, qui sont doux et secs sur le bout des ailes ; ceux qui viennent de terre, qui sont pleins de mouches nourricières ; les vents mystérieux et chauds qui se créent dans le centre de la terre et répandent des odeurs de cendre ; les vents troublés ; les vents tourneurs et enragés, prisonniers d'eux-mêmes ; le vent des morts qui fait inspirer ; le vent des malheurs qui fait expirer ; le vent du fou rire qui s'étouffe lui-même... La sterne était pleine de tous ces vents. Elle les avait dans la mémoire de ses plumes.

Mais elle ne connaissait pas que les vents, elle portait les océans eux-mêmes : les bleus qui sont presque vides ; les verts qui regorgent de poissons ; les océans cogneurs ; les roulants seigneurs ; les raz-de-marée ; les avaleurs de voiliers ; les peaux de pêche ; les soies huileuses ; les fourrures écumeuses ; la mâchoire des ressacs. Tous ces océans, elle les avait sous la langue. Et les battures striées d'alevins, les berges criblées de crustacés, les falaises criardes de cormorans, de guillemots, de macareux et de puffins, elle les avait dans ses oreilles.

Son bec savait séparer le vent, le sable et les odeurs.

C'est une assiette débordante et pleine d'ardeurs qui est en bas : les fumets montent et les nuages reniflent, et tout le monde d'en haut puise dans ses odeurs...

Tout ce que la sterne avait encerclé dans ses voyages, elle le contenait. Ce qu'elle avait enveloppé, elle le portait. Elle était chargée du monde entier.

Alors, elle interpella Shashauan.

« Tu vois, dit la sterne, maintenant, je suis un peu plus grande que toute la terre, je l'enveloppe d'un bout à l'autre, je la connais et je la contiens, elle est mon esprit qui s'amuse de mon tirant d'aile, elle est comme un bébé que je porte dans mon ventre étiré, et pourtant, je flotte sur son dos comme dans un takunakan. Personne ne peut plus savoir qui porte qui, personne, pas même moi. Cette terre, est-ce que tu la voudrais?

– Mais elle est à toi, lui répondit Shashauan.

– J'en ai fait plusieurs fois le tour. Je voudrais partir plus loin, mais son poids m'empêche de la quitter. J'entends la lune qui m'appelle, j'ai un goût de nouveau qui me brûle la poitrine. Je cherche quelqu'un à qui donner tout ce que j'ai vu et aimé. Veux-tu l'air sec des montagnes et l'air salin des mers? Veux-tu le vent et les orages? Veux-tu le désert et la glace, les peuples de l'herbe et les peuples dévoreurs? Veux-tu la pesanteur des montagnes et la liberté des vallées, veux-tu ton peuple?

– C'est trop.

– Tu as deux maris, est-ce trop?

– J'aime l'un plus que l'autre.

– Tu les aimes différemment. Mais est-ce trop? Rien n'est jamais assez. Je te le dis: le ciel et la terre, ce n'est pas encore assez. Tous les contenus veulent sortir de leur contenant, même le ciel parfois pense à s'évader. Tout déborde et éclate. Les bras qui recouvrent un amant, le corps qui le resserre sur lui, c'est un acte désespéré.»

Un souvenir se réveilla dans l'esprit de Shashauan. Nuliaq portait entre ses lourds seins une amulette d'ivoire: un renard blanc, le dos en arche autour du soleil. «La terre, ce serait déjà un commencement, pensa-t-elle. Après, on verra.»

Le ciel était bleu. Des boules blanches voyageaient vers l'est. La voûte s'élevait comme une grande jupe, aspirait des bouffées d'air frais qui remontaient en caressant la cuisse des montagnes.

Le canot se taisait. Kakuna dormait sur la vieille peau d'ours de Tshiashk.

«Deux hommes, ce n'est pas assez, laissa tomber Shashauan.

– Alors, est-ce que tu veux mon présent?» redemanda la sterne.

Shashauan acquiesça.

Pour un présent, c'en était un!

Shashauan se sentit remplir de mers et de baleines, de chaleur et de froid, d'odeurs de varech et de poisson, de vent d'est et de vent du nord, de forêts et de glace, de rage et de douceur, elle était pleine à ras bord, le ventre tendu comme si tout un peuple voulait naître à travers elle.

«Suis-moi», lui dit la vieille sterne.

Le canot s'ébranla vers l'embouchure d'une rivière agitée.

«Regarde, maman!» lança Kakuna en se réveillant.

Sur la plage, il y avait un crâne cassé chargé de sable et de cailloux. On aurait dit un bol. Le canot s'enlisa. Shashauan mit un pied dans la boue, puis l'autre, et elle s'approcha du crâne. Kakuna resta dans le silence du canot.

Sa mère tomba sur ses genoux. De ses bouts de doigts, elle caressa le sable et les cailloux. Tous les grains étaient de couleurs différentes. Shashauan enveloppa le crâne de ses deux mains comme si c'était la tête de son mari. Et puis, tout à coup, elle sentit une petite bosse caractéristique qu'Edechewe portait derrière l'oreille droite.

Kakuna surveillait sa mère avec son cœur ouvert.

Shashauan prit le crâne sans laisser tomber un seul petit grain de sable et elle le pressa contre sa poitrine.

Elle se sentit aussi grande que la voûte du ciel. Car un grain de sable et une étoile, c'est tout comme.

Elle enveloppait le soleil dans sa robe de renard blanc.

La sterne avait disparu, mais Shashauan entendait des oiseaux plein ses oreilles. Kakuna regardait sa mère revenir avec le crâne sur sa poitrine.

« C'est ton oncle, lui dit Shashauan, mais c'est aussi un père. »

Elle ramena le crâne dans son uitsh et le suspendit au-dessus du trou à fumée.

* * *

Lorsqu'il vit le crâne, Arvik pleura.

Shashauan prit son homme dans ses bras.

« Tu es aussi grand qu'Edechewe, puisque tu le portes dans ton cœur. Dès que tu l'as aimé, tu l'as porté. Je vous aime tous les deux. »

Cette parole fut si douce à Arvik qu'il pleura encore un long moment.

* * *

Cette saison-là, Arvik et les chasseurs revinrent de la côte en tirant une baleine noire si grasse qu'elle flottait sur l'Uinipek comme une vessie de phoque gonflée d'air. Arvik n'était plus un homme, mais deux. Il n'aimait plus Edechewe plus que lui-même, mais comme lui-même.

L'Inuit recevait maintenant les malades et les blessés dans sa tente et les apaisait. Il distribuait les herbes du marais. Il ne donnait pas de conseils, car il ne parlait pas, mais il savait toujours où se trouvaient les bancs de poissons et les mammifères marins.

Parfois, la nuit, un cauchemar le réveillait en sueur, il voyait une gueule effrayante, des dents énormes, et les deux yeux blancs de la peur. Shashauan prenait la tête de son mari entre ses deux seins.

Jamais on ne vit un triangle aussi heureux.

* * *

Et le jour culbuta dans la nuit, et la nuit s'installa au-dessus du jour. La lumière avalait la noirceur, et la noirceur recrachait la lumière. Le froid tuait, le printemps renaissait. Les glaces roulaient dans l'eau, et l'eau se recouvrait de glace. Et rien ne griffait rien.

Kakuna commençait à rêver. Un ours venait souvent la surprendre, il avait un visage d'Innu. Tantôt l'ours sortait d'une souche, tantôt d'une rivière, tantôt il la surprenait à se mirer dans la rivière. Il n'était pas indifférent à elle. Elle n'était pas indifférente à lui. C'était un jeu et une préparation.

Et moi, le hibou, je restais sur ma souche. Je tournais la tête pour ne rien perdre du cercle du monde.

Huit

Arriva un été où Messenak n'octroya au village que très peu de poissons, et, l'hiver suivant, les plateaux se montrèrent encore plus avares que lui. Sedna gardait ses phoques et ses baleines auprès d'elle. La famine faisait des nœuds violets dans l'horizon du soir. Les ventres creux fumaient de l'écorce. Les cheveux se levaient la nuit, erraient dans les vents d'est et ne voulaient plus revenir. On avait trouvé un enfant gelé dans les bois. On rêvait de choses noires.

Il fut décidé qu'on enverrait trois grands traîneaux à la recherche du caribou. L'hiver avait roulé la majorité de ses lunes, il ne fallait plus attendre. Shashauan avait enseigné l'art du vêtement à fourrure double et à double couture aux femmes innues. Arvik accepta de mener l'expédition. Il proposa de partir au temps où les Inuits quittaient eux aussi leur village du Grand Nord pour tenter leur chance dans les fjelds.

Les quinze chiens d'Arvik et de Shashauan tiraient le premier komatik. Ceux-ci partaient avec leurs deux fils déjà chasseurs, Kakuna, qui avait treize ans, des arcs puissants, des flèches aux pointes légères, des haches, des pavas, des fourrures, un peu de viande et de poisson séchés. Deux autres familles suivaient, aussi bien équipées. Et autour des trois komatiks, on le sentait, dansaient des éperviers de feu, des loups ailés, des renards blancs, le panache de Papakassik le grand caribou et tout son équipage d'anciens chasseurs. C'étaient comme des voiles attachées à des drailles. On entendait leurs claquements dans le hurlement du vent. Cela formait un seul et même harpail ouvert comme un suroît mou et flasque, mais tiré par la volonté de tout un village affamé.

Les trois harnachements et tout l'attelage de Papakassik couraient tel un blizzard, soulevant la neige, épouvantant les plumes blanches des fields. Ils remontaient le fjord de la grande rivière, mais en courant sur le plateau. Ils s'étendaient comme une tempête sur la glace, mais ne perdaient jamais la moindre parcelle de ses voiles. Tout cela flottait comme le panache d'une haute montagne, mais gardait son intégrité comme un banc de poissons.

L'air entrait dans les poumons, grisait l'esprit. Arvik allait à gauche, à droite, et les traîneaux traçaient de larges zigzags à la manière d'un feu harcelé par le vent. Les chiens ne couraient plus pour rejoindre la volonté d'Arvik, mais pour prendre le rythme d'un troupeau à la recherche d'odeurs. Aucun chien, même libéré de ses harnais, ne peut atteindre la vitesse d'une harde de caribous lancée dans un désert blanc. L'équipage faisait de son mieux, mais il fallait l'assentiment de Papakassik.

Après trois campements, on avait rejoint l'un des sentiers que l'Inuit descend pour la chasse aux caribous. Arvik dressa un inukshuk et planta deux bâtons à message dans la neige pour avertir une éventuelle famille que des komatiks innus en famine cherchaient le gibier vers le sud.

Le matin suivant, les chiens et tout l'équipage s'élancèrent, l'ombre à droite. Les harnachements, les bêtes, les hommes et les esprits grimpèrent de hautes collines pour atteindre, le soir même, le sommet d'une montagne ronde que les gens connaissaient comme un point de rencontre. Là, la neige était assez solide pour un igloo collectif. Les hommes creusèrent deux grosses épaisseurs de blocs plutôt qu'une. L'igloo pouvait contenir tout le monde, mais surtout, il rapprochait les dormeurs du rocher.

On creusa encore davantage, et on déposa les fourrures sur la calotte rocheuse. Sous l'os de la montagne, il y avait sa moelle et, dans sa moelle, Papakassik rêvait en remontant les embranchements de son panache…

Quelque part, pas très loin, la neige mollissait. Les ongles évasés des sabots pouvaient gratter et libérer des touffes de lichen : de la cladonie, de l'orseille, de l'usnée, de la tripe de roche et tant d'autres saveurs, des houppes spongieuses et tendres, des arômes épais traînant comme des ombres. Dans ce tapis moelleux, les nez trottinaient comme une colonie de souris, les oreilles guettaient, les pattes arrière se raidissaient pour bondir.

Afin d'apaiser Papakassik, les chasseurs fumaient des herbes, et l'esprit rêveur se calait encore plus bas dans les mousses, la sphaigne et la linaigrette. Les oreilles commençaient à se remplir de chansons. On sentait le maître caribou sourire.

On se mit à raconter des histoires drôles. Papakassik se tapait les bois sur des branches, se roulait dans la tourbe, s'ébrouait en creusant les reins, bramait pour appeler ses femelles, paradait sur un monticule de pierres… Il finit par entrer dans la rivière pour nager un bon coup. Il traversa le torrent à la vitesse d'un kayak, se secoua, se libéra de l'eau, et s'en alla rire plus loin.

Alors, il éprouva le besoin de se donner par grands jets de sang et de semence.

* * *

L'aube sortit de sa capuche en étirant ses chauds rayons. Puis un plafond de cendre écrasa la lumière, qui se mit à haleter dans ses propres écailles. Tassée sur elle-même, elle brillait comme si le soleil avait éclaté sur la taïga, qui frémissait au loin sur un restant de braise.

Shashauan glissa le regard dans cette lumière terrée. Et elle aperçut la ligne de lichen et de mousse qui s'étendait d'est en ouest et remontait doucement vers le nord à mesure que le printemps s'élargissait.

Ils couraient là… Oui! une harde énorme, dédaignant le lichen sec, à l'affût des touffes fraîches qui surgissaient de la neige. C'était un énorme peuple, une nuée de taches, presque uniquement des femelles gestantes qui couraient vers le nord-ouest, sur la ligne de neige, pour atteindre une petite forêt d'épinettes noires, leur maternité.

Tout cela se passait au-dedans de Shashauan, qui avait avalé tout l'espace dans le ventre de son regard. Le don de la vieille sterne. Ce n'était plus pour elle un mouvement, ni un déplacement, ni une migration, non, cela faisait partie d'une série de mutations dans tout le Nitassinan, c'était une expression, une émotion. Sur un visage, lorsqu'une ride se déplace, on ne parle pas de mouvement, mais de changement d'humeur, d'agitation, de sentiment qui se précise dans une forme qui se renouvelle. Le langage d'un visage. Et voilà ce que c'était : le Nitassinan se réchauffait, le dégel remontait vers le nord ; les caribous, on aurait dit des taches de rousseur qui broutaient une peau violacée. L'hiver défaisait les lacets de sa robe de neige. Le Nitassinan était en train de se réveiller. La harde, c'était une chaleur de femme qui se définissait à tâtons sur un vêtement trop grand…

Shashauan savait maintenant que le caribou était la joie du printemps qui surgissait de terre. Une pure joie sur la figure d'une grand-mère. Elle en était remplie et son crâne bourdonnait de sable crissant, de pierrailles blêmes et exsangues.

C'était la nuit. Elle sentit deux mains douces prendre son crâne chargé de sable et l'amener sur une poitrine soyeuse et moelleuse. Sa tête, qui n'était rien d'autre que toute la terre d'os et de nostalgie, le crâne porteur de son peuple et de tous les peuples, un paysage immense ; eh bien ! sa tête ressemblait maintenant à un soleil dans la peau d'un renard blanc.

* * *

Des doigts glissaient derrière les oreilles de Shashauan. Ils cherchaient quelque chose. Et tout à coup, ils découvrirent les signes distinctifs de l'hirondelle.

Les doigts tressaillirent : « Est-ce bien toi ? »

Les doigts vérifiaient. « Sur un ticipitakan, jadis, à ton adolescence, une forme animale était descendue pour te saisir et te rabattre dans une histoire particulière. Dans un nid, une hirondelle s'était attardée. Et puis, elle a été une femme, le cœur écorché, capable de deux hommes. Et puis, elle a été une mère, le cœur éventré, capable de trois enfants. Et puis, elle a été un grand lac salé, une mer intérieure, capable d'entendre les sternes piailler. Et puis, elle a reçu le monde, qui est maintenant en elle comme son propre esprit. Est-ce bien toi ? Es-tu devenue la grand-mère porteuse ?

— Non, je ne le suis pas », répondit Shashauan.

Malgré cette hésitation, deux mains qui étaient là, douces et sensibles, la prenaient enfin, avec tout son monde, et la questionnaient sur son origine, son histoire et sa destinée.

Le séparateur ne sépare pas : il unit à tout fendre.

* * *

Lorsqu'elle revint à elle-même, Shashauan chuchota dans l'oreille d'Arvik le va et le vient des femelles harcelées par les nuées d'œstres, mais pleines de bonheur, grosses de leurs bébés.

Alors, les guides de traîneaux s'assirent le plus haut possible sur la montagne et étudièrent le visage du Nitassinan. Arvik regarda longtemps plein nord, dans le creux d'une vallée qu'il reconnaissait. Chaque vent chargé de neige s'ouvrait comme une fleur, mais ne rendait qu'une brume vide. Nostalgie de sa famille, nostalgie du Grand Nord, des siens et de Silattuq.

« Ils ne viendront pas », disait l'horizon du Nord.

Arvik se retourna vers le sud et reprit la discussion.

On décida d'un plan.

* * *

Le lendemain, deux komatiks partirent vers le nord-ouest à l'épouvante, Arvik et Shashauan en tête. Il fallait faire un grand cercle pour éviter que le vent n'avertisse la harde. Au moins deux jours de course pour les chiens. Ensuite, on rabattrait la harde vers l'est en permettant aux chiens de japper et de libérer la fureur de leur faim.

L'autre komatik se glisserait lentement, de nuit, derrière une colline déchirée par une rivière creuse au rebord escarpé. Il y avait là, sans doute, un endroit plus propice pour descendre et se jeter à l'eau. La famille aurait trois jours pour construire un barrage de pierre en aval. Ensuite, elle reviendrait sur ses pas et attendrait de l'autre côté avec toutes les flèches du groupe. Les caribous seraient abattus dans la rivière au moment où ils tenteraient de remonter les parois boueuses. Les blessés dévaleraient la rivière, heurteraient le barrage et se noieraient.

Ce plan, Papakassik l'accepta, car il aimait les Innus, leurs histoires et leurs rêves. Il aimait de temps à autre entrer comme le vent dans les ouvertures d'un village heureux. Un jet de caribous, c'était bien peu pour lui : c'était comme un membre viril qui s'introduit dans une femelle pour voir un peu mieux à l'intérieur de lui-même.

* * *

Durant trois jours, les deux traîneaux de rabattage coururent avec l'énergie de la confiance. Les hommes se relayaient par deux pour pousser sur le traîneau à toutes jambes. On dormait comme on le pouvait dans le komatik cabossé par les arêtes de pierre. Les chiens tiraient à l'espérance en digérant leur dernier bout de phoque gelé. Il fallait rejoindre le troupeau, que les mouches, heureusement, ralentissaient en provoquant le désordre.

Une fois devant le troupeau, on libéra les chiens. Fous d'épuisement et de faim, ils se donnèrent à la course comme s'il s'agissait de rejoindre leur propre corps. Sur le lichen, ils retrouvaient une vitesse qui les surpassait, ils ne calaient plus comme sur la neige, ils volaient au-dessus d'eux-mêmes, la langue dans le vent, les poils dressés, les yeux fous. Toute cette viande qui courait devant eux, c'était leur futur corps.

Quelques chiens s'écroulèrent d'épuisement, la gueule heureuse, le nez dans l'odeur du caribou.

La harde connaissait parfaitement le terrain. Devant elle, la rivière juteuse qu'il fallait traverser à un endroit précis... Ils y allèrent. Se jetèrent à l'eau. Nagèrent jusqu'à la rive opposée.

Percées de flèches, un grand nombre de bêtes s'abandonnaient au torrent. La rivière prenait son élan et les écrasait sur les rochers. Le sang coulait des crânes et des poumons. On se roulait dans la douceur de son agonie. Une haute tente tremblante élevait ses perches sous la toile bleue du ciel. Un énorme panache surmontait la rivière. On entendait la jouissance de Papakassik.

On mangea de nombreux foies et des cœurs gorgés de sang. Toute la joie du monde envahissait l'espace comme si le séparateur ne savait plus distancer les proies et les prédateurs. Puis, tout cela s'incendia dans le couchant.

Neuf

La fête dura dix jours. Vider les bêtes, chanter, manger, raconter l'histoire de Papakassik, couper la viande, la sécher, donner des restes aux chiens, jouer du tambour, gratter les peaux, nettoyer les os, danser avec Papakassik, arracher les meilleures dents, les meilleurs nerfs, laver les intestins, libérer les tendons, chanter à nouveau.

Lorsque ce premier travail fut accompli, on se lança dans la fabrication du fromage d'os. On choisit scrupuleusement les os. Les hommes broyèrent les tubérosités des os longs, les femmes sucèrent la moelle des os brisés pour la recracher. Puis hommes et femmes mélangèrent les deux substances dans de la graisse parfaitement blanche. Ils roulèrent ensuite le mélange dans un parchemin intestinal qui avait été minutieusement martelé et huilé sur des pierres lisses.

De la graisse blanche, il y en avait pour de nombreux mariages. Des provisions, il y en avait pour quatre traîneaux, et non pour trois.

Cette surabondance étalée en hauteur, au milieu d'un si grand plateau, faisait tourner la tête. Une brume épaisse avait ramené les quatre directions dans un même cercle qui se pressait sur eux.

Shashauan et Arvik restaient dans l'amas de brume à surveiller les chiens. Repues, les meutes rêvaient d'une course folle sur la neige. Tous les autres Innus travaillaient au nouveau komatik qu'il fallait construire pour transporter le surplus.

* * *

Sur ma souche, je regardais les quatre racines du temps.

Au sud, l'aigle et le peuple des oiseaux tournent autour d'un grand feu pour appeler le respect de soi et produire le respect des autres. Au nord, les bœufs musqués sont disposés en cercle, les museaux dirigés vers l'extérieur, leurs petits à l'intérieur. Ils concentrent leurs forces. L'est extrait la vie du ventre de la nuit. L'ouest recueille tout dans sa mémoire.

Entre le nord et le sud, les cœurs de Shashauan et d'Arvik restaient côte à côte, indécis. Les souvenirs les plus obscurs voulaient revenir à la lumière.

Les chiens dormaient.

Le silence pivotait autour d'eux et ruminait de vieilles images dans leurs oreilles. Mais qui pouvait les démêler ? La brume ne laissait aucune chance ni aux couleurs ni aux formes. La brume, encore la brume. Elle empêchait le départ. On entendait les autres construire le komatik, mais le couple innu-inuit gardait les provisions alors que des meutes de souvenirs les attaquaient de toutes parts, sans jamais sortir du brouillard.

Inavouables souvenances, sans images.

Pourtant, tous les chasseurs qui travaillaient autour, femmes et hommes, fils ou fille, savaient ce qui se tramait dans l'esprit de Shashauan et d'Arvik : un déchirement.

Seule Kakuna restait joyeuse et insouciante, rêvant à son ours innu qui la regardait.

Lorsque le quatrième komatik fut achevé, la question était claire, mais la réponse restait confuse, embusquée dans les quatre racines du temps.

C'est l'ouest qui travaillait le plus. Là, blotti dans sa caverne, l'ours noir réconciliait les extrémités du monde dans son ventre. Entre l'espérance et la nostalgie, il brassait les muqueuses et les sucs gastriques. Il voulait libérer son air.

La brume couvrait tout. On attendait.

* * *

Ce jour-là, alors que les quatre komatiks étaient chargés équitablement et que les chasseurs attendaient simplement que la brume se disperse, toutes les possibilités paraissaient égales : pour Shashauan, revenir au Sud, dans son village natal, raconter l'histoire de la chasse et distribuer la graisse promise ; pour Arvik, regagner son village natal, raconter l'histoire de la chasse et distribuer la graisse attendue ; pour Shashauan, tout abandonner pour son mari et partir pour le Nord ; pour Arvik, tout abandonner pour sa femme et rejoindre le Sud ; ou bien, simplement revenir à leur village d'adoption. Toutes ces possibilités paraissaient également déchirantes. Cependant, aucune de ces possibilités ne sortait de la brume. Elles tourbillonnaient dans la confusion du brouillard.

Alors, Shashauan se demanda à nouveau ce qu'était l'espace.

On voit partir un homme ; il disparaît au loin. Mais le chemin, lui, ne disparaît pas. Au contraire, il se tend comme la corde de l'arc. On ne voit plus l'homme, mais le chemin, lui, crève les yeux. L'homme est là, au bout du chemin, à trois jours de marche, à un été de canot, à un hiver de traîneau, ou à un pouce de notre esprit.

Qu'est-ce que l'espace, ce séparateur qui ne brise pas les liens, mais plutôt les tend sur son arc?

«Il faudra bien l'apprendre un jour, se disait Shashauan, car l'Innu est un caribou errant, un mangeur d'espace dont la vie consiste à s'élargir sans cesse le cœur. Parfois, le cœur brûle pour quelqu'un. Ses yeux se tournent vers lui, s'approchent de lui, à deux doigts de son nez... Et par le fait même la source du feu qui est en soi s'éloigne, étrangement elle s'éloigne, et le feu perd sa force. Alors, on part au loin. L'aimé disparaît dans le brouillard, et le cœur se remet à bouillir dans son manque.»

Près et loin sont les instruments de notre élargissement, aussi nécessaires l'un que l'autre. Ressentir une présence, la porter, c'est faire l'expérience de ce qui se rapproche lorsque l'on s'éloigne et de ce qui s'éloigne lorsque l'on s'approche.

Terrible est le besoin de se déchirer soi-même dans l'indéchirable espace, irrépressible besoin du cœur innu. Toutes les graines se séparent pour mieux couvrir le terrain.

Lorsque celui que l'on aime disparaît dans le lointain, tout l'horizon retrouve son égalité. Tout est là, immense, dans le cercle du feu. La présence particulière s'en va, la présence totale émerge.

Arvik, lui, s'imaginait quitter sa femme, revenir dans les bras de son père en donnant à sa mère un traîneau plein de caribou. «Voici mes fils», s'entendait-il dire à ses parents... Vivre ensuite avec un cœur éventré. S'asseoir le soir sous une aurore qui serpente dans les algues du ciel, avec cet arc tendu qui relie le Nord et le Sud sans jamais pouvoir se rompre. Ce mal, il le voulait. Pourtant et paradoxalement, il ne pouvait même pas l'envisager.

Shashauan s'imaginait quitter son mari, revenir dans son village, retrouver tous les visages qui dormaient dans l'oubli, les regarder s'allumer. « Voici ma fille », s'entendait-elle dire. Vivre ensuite avec un cœur défoncé.

* * *

Sur chaque traîneau, l'énorme tas de nourriture ; autour, l'épaisseur impénétrable de la brume… C'était hypnotique. Tout disparaissait dans cette image. Les idées, les possibilités, les embranchements, tout cela se fondait dans l'image, et il ne restait qu'une vague nostalgie, une lancinante nostalgie.

Et puis, une nuit, la brume se leva.

À la grande surprise de chacun, une neige fraîche et moelleuse recouvrait tout le plateau dans toutes les directions. Jamais les chasseurs n'auraient espéré une telle chance. La neige paraissait suffisamment épaisse et glissante. Un peu de graisse sous les patins des komatiks et le tour serait joué. On décida de profiter au maximum du froid nocturne.

Au cœur de la nuit, dans le sourire de la lune, on harnacha précipitamment les chiens. Il n'y en avait plus que dix par traîneaux, mais ils étaient impatients, brûlants de l'énergie du caribou qu'ils avaient mangé. Dans le brouhaha des préparatifs, personne n'avait remarqué l'ancrage du traîneau d'Arvik. Le grappin était resté levé.

Les chiens de l'Inuit décampèrent avant même que le dernier ne soit harnaché. Ils se précipitèrent vers le nord, car il y avait là une pente descendante. Un des fils qui était en bas réussit à attraper la barre du traîneau, mais il ne put que ralentir l'élan de l'attelage. Néanmoins, Arvik et l'autre fils réussirent à s'embarquer. Une folie avait atteint leurs chiens. Ils filaient plein nord.

Longtemps, on les regarda s'éloigner, disparaître dans la neige soulevée. Le vent derrière dissipait l'image du traîneau dans la brumaille neigeuse. Plus loin, les chiens ralentirent et les deux fils poussèrent le traîneau.

Au fond d'elle-même, Shashauan avait toujours su que Silattuq n'était pas parti sans lancer son harpon dans les entrailles de son fils. Il voulait simplement lui donner tout l'espace nécessaire pour qu'il devienne un Inuit. Il tirait maintenant sur la corde. Il ramenait son fils à lui.

Incassable est la ligne du harpon : c'est du nerf de caribou. Silattuq halait et souquait son fils, il le traînait dans la neige, il l'arrachait à Shashauan. Maintenant qu'Arvik s'était donné naissance à lui-même sur le plateau de la solitude, son père le rappelait. Il ne pouvait pas savoir qu'il lui arrachait la vie et n'en ramenait qu'un lambeau : à l'autre bout, vers le sud, un autre harpon déjà tendait sa corde.

Il y eut un grand éclat de rire, car on savait, on savait depuis son arrivée que le jour viendrait où l'Inuit retournerait vers les siens. Tout le monde savait cela. La ligne du temps, c'est simplement l'incertitude du moment où jaillit une certitude.

On arracha les crochets d'ancrage, et deux komatiks s'envolèrent vers l'est, en laissant derrière eux un large sillon de liberté.

Le cercle de la solitude se referma sur Shashauan et sa fille. Il s'agrandissait à mesure que les traîneaux disparaissaient dans les nuées de l'espace. Le silence faisait entendre ce que savait Shashauan, ce qu'elle avait toujours su, cette autre vérité.

Son traîneau avait été chargé d'un peu moins de viande que les autres, mais d'un peu plus de graisse blanche. Les onze chiens se tiraillaient entre eux, ils voulaient aller rejoindre leurs camarades. Mais l'ancrage tenait, et les harnais ne se rompaient pas.

Kakuna étouffait d'inquiétude dans le hurlement des chiens. Pourtant, quelque chose en elle de secret et de très doux palpait dans l'ombre un visage amoureux et un corps d'homme qui enlevait sa peau d'ours… Mais ce jeune Innu n'avait pas encore de lieu. Elle ne l'avait pas vu à Sheshatshiu, elle ne savait même pas qu'un harpon était planté dans son cœur et la tirait vers une origine. Le germe de l'amour, qui sait d'où il vient et où il va ? Le séparateur est aussi le rapprocheur.

Le plateau était blanc, nu et immense. L'horizon se courbait sous le poids du ciel. La chair bleue de l'étendue était traversée de fanons blêmes. Les cœurs étaient filtrés comme du krill. La jeune fille tournait sur elle-même. Elle ne pouvait plus retrouver les points gris qui venaient d'éclater sur l'horizon. Elle tentait d'avaler sa salive, mais ne le pouvait pas. Le rapprocheur tirait, mais elle ne ressentait que le séparateur.

Les chiens finirent par se taire. Ils flairaient le vent, des odeurs s'effaçaient, d'autres venaient : des odeurs de terre, d'épinette, de sapin baumier, de martre et de porc-épic.

Shashauan trouva la force de raconter à sa fille ce qui venait de se passer : le harnachement du destin avait démêlé ses lignes, des nœuds s'étaient défaits dans les cordes. Les saumons allaient remonter vers leur source ; les points cardinaux reprenaient leur dû.

« Dès qu'ils seront décrochés, nos chiens vont rejoindre les autres, riposta l'adolescente.

– Tu as raison, réagit Shashauan, nos chiens iront les rejoindre. »

Elle arracha le grappin d'ancrage, et les chiens se jetèrent dans toutes les directions, les lignes de trait se mêlèrent, le traîneau n'avançait pas.

« Tshitutetau ! » cria Shashauan avec une force inouïe pour sonner le départ.

Et les chiens partirent, plein sud.

* * *

Le fjeld paraissait infini. C'était à nouveau l'heure du ticipitakan. Pour Shashauan, sa troisième plateforme ; pour Kakuna, sa première initiation.

Toutes les cordes étaient maintenant visibles pour la mère. Les cordes du nord, de l'est, de l'ouest et du sud, un éventail infini de cordes.

Tout l'espace est un rayonnement de liens. Quelle que soit la direction qu'on emprunte, on va quelque part. Nulle part il n'y a de nulle part. On remonte toujours un fil, on arrive toujours en un lieu, on trouve toujours quelqu'un ou quelque chose. On ne s'éloigne de quelque chose que pour s'approcher d'autre chose. On part à l'aventure en élargissant toujours plus sa nostalgie. Ce qui se déchire sur un côté se raffermit sur l'autre.

On se croit perdu dans l'infini. Le froid nous cerne. On va mourir dans un grand trou de solitude. On se dit abandonné. Les montagnes ne bougent pas. Le ciel ne s'ouvre pas pour laisser passer une main secourable. On croit le monde indifférent à notre sort. Mais non! c'est encore un ensemble de cordes qui se tendent. Toute l'arche bleue tire sur ses cordages, et on est hissé par les étoiles.

L'espace a pour cœur un désir de relier les âmes entre elles, quitte à les arracher à tous les ancrages. L'espace est un filet qui se tisse et ne laisse jamais un seul fil se rompre.

Shashauan voyait enfin tous les harnais qui tiraient sur son cœur. Ceux du sud, mais aussi ceux de l'est; ceux de l'ouest, mais aussi ceux du nord. Le cœur est un muscle plein de pointes, une ligne de harpon est plantée dans chaque point de l'horizon, il n'y a pas d'échappatoire, tout doit être parcouru par jambes et par chiens, tout doit être couvert par les yeux, tout doit être avalé et digéré par l'estomac.

Les chiens filaient en direction du fleuve aux Grandes Eaux.

Dix

«Maman, ce chemin est mortel.

    – Tous les chemins sont mortels.

    – Il n'y a pas de chasseur dans notre komatik.

    – Je suis chasseur.

    – Tu n'es qu'une femme!

    – Tu n'es qu'une enfant.

    – J'ai peur.

    – Moi aussi...»

Et le traîneau glissait déjà dans la taïga.

* * *

Shashauan entendait mes paroles de grand-père dans sa tête, comme une résonance, comme un écho de son propre esprit: «Comment faire face à cette immensité? Comment affronter seule autant d'arbres, de montagnes, de vallées, d'amants, d'enfants, de rivières et de rapides? Comment répondre à toutes les cordes?»

«Comment accepter et supporter le temps alors que tout l'espace tire d'un coup?»

* * *

Le komatik monta tout en haut d'une montagne. Shashauan ancra le traîneau, donna à manger aux chiens et grimpa sur un rocher. Kakuna la suivit. Les deux scrutaient l'horizon.

« Là, cette vallée évasée, comment la nommes-tu ? demanda Kakuna.

– C'est le bassin de la rivière Mécatina. L'orignal, l'ours, le renard roux et le lièvre foisonnent dans cette forêt.

– Et là-bas, la série de lacs ?

– Ce sont les lacs Uatshahku, Kaiaitaukupitat, Katakuahk et Katshiputakat. Des rivières et des ruisseaux les relient. On y trouve du castor autant qu'on en a besoin. Et c'est couvert de bleuets, de chicoutés, de petits mûriers, de camarines, de quatre-temps et d'amélanches.

– Et le fleuve aux Grandes Eaux dont tu m'as parlé, qui n'est plus un fleuve, mais une mer, la même mer dans laquelle les gens de Sheshatshiu pêchent la baleine…

– Il est encore très loin. Mais on approche de l'endroit où un bon canot nous attend, du moins je l'espère. On le réparera et on descendra les rivières Mécatina et Nétagamiou. Dans une lune ou peut-être deux, on sera sur la côte. »

Partout où pointait le doigt de Kakuna, Shashauan donnait le nom des lieux, des animaux, des plantes. La solitude de la jeune fille s'élargissait. Des torrents, des lacs, des plateaux, des filets de neige, des réseaux de rivières reliaient tout le peuple. Tout cela était son véritable, son incroyable village.

Avec des yeux d'épervier, Kakuna aurait pu voir ici et là, dans de grands cercles de solitude, des familles, des chasseurs, des pêcheurs, des cueilleurs, des veilleurs, des mangeurs, des dormeurs, des conteurs, des chanteurs, des danseurs. De tout petits points dispersés dans l'océan d'une immense forêt, mais reliés dans une seule grande toile. Un peuple comme des étoiles éparpillées dans la nuit. Des êtres bien installés sous la fourrure du ciel, arqués, flèches tendues, liés, cordes tendues.

Il suffisait de faire vibrer la toile, et tout le peuple savait, sentait, percevait, reconnaissait l'extraordinaire présence de sa totalité.

« Si je te quittais maintenant ? demanda Shashauan.

– Je mourrais.

– Lorsque tu connaîtras ce que je peux t'apprendre, tu pourras être ici à ma place et respirer lentement le bon air, sans avoir à dépendre d'une mère ou d'un père.

– Impossible.

– Tout cela, c'est chez nous.

– C'est effrayant.

– Lorsqu'une feuille d'arbre frémit, l'Innu, lui, n'éprouve aucune peur. Tu comprends cela ? Lorsque tu comprendras cela, tu seras Innue. La forêt devient la grande demeure lorsqu'on n'a plus peur de ce qu'elle contient. »

* * *

La neige avait fondu. Les chiens peinaient, la mère et la fille poussaient un komatik trop lourd. Parfois, les chiens découvraient un chemin de mousse, le traîneau glissait un moment, mais fatalement on trouvait sur le passage une colline à monter, et des roches écorchaient les patins du komatik et la corne des pieds. Il n'était pas question d'abandonner le moindre petit paquet de provisions. Il y en avait beaucoup trop pour elles et les chiens, mais pas trop pour le village, là-bas, sur la côte nord du fleuve aux Grandes Eaux.

Trois fois, il fallut monter un campement, prendre le temps de remplacer les patins et de laisser les chiens se reposer. Les deux femmes avaient l'occasion de pêcher et de manger frais, avec du genévrier, des rouleaux de jeune fougère et du thé.

Mère et fille profitaient des jours de pluie pour glisser sur l'eau en longeant les marais. Par temps trop sec, elles s'arrêtaient, vérifiaient les provisions, et séchaient les fourrures et les cuirs.

La fille se soudait à la mère. Elle prenait conscience que la connaissance transformait la forêt en Nitassinan.

Le Nitassinan, c'était la connaissance qui avait plongé dans le territoire et puisait des trésors. Une branche devient une perche ; un animal se transforme en nourriture et en vêtements ; un fouillis de branches se change en campement ; un fourré donne un panier de fruits ; un tas de pierres cache une pointe de flèche ; un lac, c'est du poisson ; du crottin, c'est un signe de piste ; des mousses sur un arbre, c'est une direction...

Kakuna réalisait qu'il y avait dans sa mère un énorme réservoir, aussi large qu'un plateau, et que, sans ce réservoir, la forêt, c'est la mort. Sa mère vivait dans le Nitassinan comme dans sa maison parce qu'elle possédait le savoir. Et maintenant, Kakuna le voulait à son tour. Elle le prenait sur les mains de sa mère, dans ses moindres mouvements, dans sa manière de marcher, de regarder, de se déplacer. Elle décollait le savoir du corps de sa mère, le détachait soigneusement et le déposait sur son corps à elle comme un vêtement agile.

De là où elles étaient, il fallait monter sur de grandes pruches pour voir au loin. Kakuna montait jusqu'à la cime d'un arbre. De là, elle lançait son regard plein sud. La mer restait derrière l'horizon hérissé de la forêt.

«Il nous faudrait un aigle ou une chouette», lança Shashauan à sa fille.

* * *

La forêt avait beau être un grand panier de richesses, elle était aussi devenue un obstacle. Les moustiques se moquaient de l'huile d'ours à la menthe pouliot qui couvrait le visage et les membres des deux femmes. Les chiens ne voulaient plus tirer la charge. Le komatik n'avançait que très peu dans une journée.

Arriva un moment où Shashauan pensa abandonner les bagages. La fille poussait le traîneau avec sa mère en sifflant après les chiens. Le lac Minipi était magnifique au-devant d'elles, mais encore loin. Les forces manquaient aux femmes comme aux bêtes.

Elles firent un bon uitsh d'écorce. Il fallait laisser passer plus de soleils et plus de lunes. Une bonne longueur de temps. Lui seul peut aplanir un chemin : si on l'écrabouille fermement comme une purée sur une bonne base de patience, il peut transformer la longueur en largeur, le lointain en immédiat, et le but est là, dans la maison, à portée de main. Simplement, on décide d'attendre avant de le saisir.

On est en voyage, on veut s'approcher d'un but, mais on sait parfaitement que ce but n'est qu'un bref arrêt sur le chemin, un simple outil que l'on saisit pour faire avancer la sculpture de notre esprit. Cela se fera. D'une façon ou d'une autre, cela se fera. Nous serons faits. Mais pendant ce temps-là, il y a quelque chose de plus vaste qui se forme : on est en train de relier des points perdus dans l'espace. Le cœur répond à un appel. Le harpon se rapproche du harponneur. On tisse le Nitassinan.

Dans le cas de Shashauan, le harponneur, c'était son village natal, la joie des visages lorsqu'ils reconnaîtraient la fille et la petite-fille de Tshiashk, les yeux qu'ils feraient lorsqu'ils ouvriraient les paquets de viande et de graisse… Le harponneur tirait sur la charge, et c'en devenait épuisant. Mais un nouveau harponneur succéderait au premier ; ça n'était jamais fini. Peut-être qu'une grand-mère voudrait son enfant ! Ou qu'un grand-père repartirait pour le nord en tirant sa fille par les oreilles ! Car il ne s'agit pas d'aller quelque part, mais d'être arraché à tous les ancrages pour sentir, comme l'araignée, l'ensemble de la toile.

Dans le cas de Kakuna, malgré ses rêves répétés d'un jeune Innu, elle ne savait rien de ce qui se tramait. L'adolescence travaillait, les seins se gonflaient, les hanches s'élargissaient, des désirs allumaient un kudlik, elle se préparait pour quelqu'un et s'imaginait dans l'indéfini et l'obscurité.

* * *

Le soleil et la lune avaient empoigné le ciel à deux mains et le forçaient à tourner avec eux. Le matin et le soir, les rouges et les noirs déchiraient leurs vêtements et se livraient un combat sans merci. Des histoires tournaient autour du campement et perçaient les oreilles. Les commencements et les fins s'arrachaient les cheveux. La pierre et le torrent se criaient des noms. La mère et la fille se répondaient par des chants de gorge. Un cerceau d'épinettes et de moustiques réparait les bouts ébréchés de toutes les attaches.

On oubliait que l'on allait quelque part. Si la courroie d'un harpon tirait, les femmes sortaient le tambour et dansaient. Le soir, l'uitsh se remplissait des bruits et des odeurs de la forêt. La tente fumait de la ramille d'épinette dans son cône d'écorce, et les femmes dormaient dans sa fumée.

Tout à coup, je ressentis des démangeaisons. Des fourmis martyrisaient mes jambes. Mes pattes éprouvaient le besoin de trépigner... Mes ailes de vieux hibou se posèrent sur la souche. Un gros mal de reins m'obligeait à bouger.

Je me mis à faire quelques pas autour de la tente.

« Qui est là ? interrogea Kakuna, effrayée.

– Chut... rendors-toi ! » rétorquai-je.

J'avais été tellement surpris qu'elle m'ait entendu que j'avais dit n'importe quoi.

« Qu'est-ce que tu as ? demanda Shashauan à Kakuna.

– Quelqu'un a marché, et il m'a parlé.

– Tu rêves, les chiens n'ont même pas aboyé.

– Non, je ne rêve pas. C'est un homme, un vieux, il m'a parlé. Il a tourné autour de la tente et puis, maintenant, il ne bouge plus.

– Tu rêves, les chiens dorment. »

Je n'avais plus le choix. Je lançai un hululement en direction de la lune, qui était ronde et claire. Les chiens se réveillèrent et agitèrent la queue pour que je leur donne à manger. J'avais quelques lemmings sous mon manteau. Je les leur jetai.

«Grand-père!» lança Shashauan.

Je soulevai la fourrure de l'entrée. Une lueur se coucha sur le tapis d'épinette et se réverbéra sur mon visage. Les yeux de Shashauan étaient plus grands que ceux de la chouette. Kakuna regardait sa mère, cherchant à comprendre.

Je m'assis sur un paquet qui était là. Il fallait que je dise quelque chose.

«Ma jambe s'est très bien guérie, comme tu vois. Je suis retourné au village. Je vous ai attendus. J'ai finalement su par un pêcheur de la côte que tu étais à Sheshatshiu. Je me suis dit que tu voudrais revenir. C'était la meilleure année et la meilleure saison pour descendre la Mécatina. Alors je suis venu pour descendre la rivière avec toi. On n'est pas loin du canot que l'on avait accroché la coque en l'air sur le pin. Au matin, je vais vous aider à pousser sur le komatik, enfin, sur ce qui en reste, à ce que j'ai vu dehors.»

Lorsque cela va en direction de l'espérance, un petit tas de mensonges dans une ou deux vérités, ce n'est pas si grave, ça peut relier des moments qui sont trop loin pour pouvoir se toucher. Il fallait bien faire un pont.

L'aube perçait l'écorce de petits trous. Il devait faire chaud dans la tente, car le cœur de Shashauan fondait à vue d'œil. Il y avait de l'huile de larmes qui se répandait partout, même sur le visage hébété de Kakuna. Tout était brouillé.

«Bon, en attendant je vais dormir un peu.»

Mais ni l'une ni l'autre ne voulaient dormir. Je pense qu'elles avaient peur de se réveiller. Alors nous avons mangé un peu de graisse et un gros morceau de caribou.

Nous avons rafistolé le komatik, attelé les chiens et nous sommes partis.

Il n'était pas midi que le canot était là devant. Son calfeutrage était à refaire mais, pour le reste, il était impeccable.

Onze

Lorsque l'on descend une rivière avec sa petite-fille et son arrière-petite-fille d'adoption, qui n'est d'ailleurs plus une enfant, mais un début d'aigle ou de bernache, on redresse la tête, on avironne, et le bonheur frissonne sur notre peau. La vie, enfin !

C'est qu'elle était belle, cette Innue un peu choyée par la douceur de son village, la puissance de ses frères innus-inuits. Trempée dans le feu tout de même ! Parce que l'on ne côtoyait pas Arvik sans recevoir un peu de sa détermination. Et ce ne sont pas toutes les filles qui ont vécu sous le ciel d'un shaman. Élevée dans la neige cependant, parce que tout le monde, là-bas, est un enfant du froid. Il reste qu'elle était surtout l'enfant de sa mère, l'enfant désirée, choisie, aimée, enveloppée dans ce cœur de mère bâti entre deux hommes et quatre points cardinaux, un cœur aussi large que le Nitassinan et qui s'était totalement enroché dans son propre fondement.

Le premier garçon qui la verrait ne pourrait plus pêcher en paix, ni chasser, ni repartir au loin. Il serait malade et errant comme une baleine traversée par un harpon et qui n'espère plus rien d'autre qu'être vaincue.

Le feu d'indépendance de ses yeux tirait tout à elle, mais laissait tout hors d'elle.

Shashauan, elle, était devenue souple et patiente parce que bien installée autant dans les hauts plateaux sans arbres que dans la taïga. Un grand corps, en vérité.

Son homme, elle l'avait trouvé : c'était le roc, c'était la terre, c'était le ciel, c'était cette Présence indiscernable qui lui avait, un jour, caressé la tête. Ce qui au début lui paraissait un grand réservoir d'obstacles était devenu sa chair et ses os, son eau et son sang, sa souffrance et son bonheur, ses racines et sa fécondité.

Arvik avait choisi son père ; elle, elle avait choisi le grand porteur de tout.

Oui, elle revenait à son village, mais ce n'était pas le sens de ce voyage : elle ne voyageait plus, elle visitait simplement sa maison, prenait possession de son corps, rassemblait son peuple dans son souffle, se glissait sous lui, s'élevait au-dessus de lui, qui était son enfant dans son immense ventre de neige et de ciel.

Je ne pouvais plus parler. J'étais trop heureux. J'avironnais derrière. Le canot était large, l'eau était calme, la rivière nous portait, on n'avait rien à faire, elle nous ramenait à la mer. Les chiens couraient sur la berge en se goinfrant de lièvres et de perdrix.

Un étrange sang noir et blanc circulait dans la chair verte de l'été, déboulait vers la mer en nous amenant avec lui. Nous étions dans ce sang.

Si l'avant-midi ou l'après-midi on avait pris le temps de regarder comme il faut, on aurait bien vu qu'aucune ombre ne partait de moi, ni à gauche, ni à droite, ni devant, ni derrière. Mais qui aurait voulu percer un fait aussi incontestable !

* * *

Shashauan prenait possession de sa grand-mère la terre. Des muscles de pierre, ce ne doit pas être commode! Et cet énorme poumon à ciel ouvert percé de trous d'étoiles, qui siffle à chaque respiration! Une très vieille grand-mère. Des poils d'épinette dans le nez et les oreilles, des ours qui s'aiguisent les griffes sur nos nerfs, des étoiles qui nous bombardent de roches filantes, de l'eau de mer plein la bedaine, et un grand couvert de glace balayé par le vent en guise d'omoplate...

On était heureux ensemble, comme deux enfants.

* * *

Je reçus des gouttes sur le visage et sortis de ma méditation de hibou.

Shashauan avironnait lentement. Kakuna y allait de tout son jeune corps. Je laissais mon aviron glisser dans l'eau. Les plis de l'eau dirigeaient mieux que moi. Les chiens suivaient toujours sur la berge. Eux ne me voyaient pas, mais me sentaient, et cela les faisait hurler de temps en temps.

On descendait à la mer.

Avez-vous vu le dos nu d'une adolescente travailler dans un embryon de rêve d'amour? C'est une mer de muscles. C'est large et ça ondule comme l'eau. Le coup de rame ne laisse pas le moindre tourbillon et pourtant il fait glisser le canot aussi vite qu'un poisson. La rive court à toutes jambes. Cette vague sur la mer du dos nu, ces muscles qui ondoient, cette force qui se propage de la colonne à l'épaule, simplement parce qu'elle imagine un village et un jeune chasseur, un uitsh et une belle fourrure...

*   *   *

Les bords de la rivière se rapprochaient l'un de l'autre et serraient les tumultes entre ses omoplates. Elle s'agitait, oppressée. Il n'y avait rien à craindre car, forcée d'entrer dans le goulot, l'eau tenait le canot bien au-dessus des rochers. Mais les flots s'amusaient à nous éclabousser. Shashauan se mit à rire et perdit l'équilibre. Plutôt que de faire basculer le canot et son précieux contenu, d'un habile mouvement du pied elle s'éjecta de l'embarcation, riant toujours.

Son rire rassurait Kakuna, qui ne pouvait se retourner tant elle devait se concentrer sur ses manœuvres. De mon côté, je n'avais qu'à suivre le fil de l'eau. C'était peu, mais nécessaire. Je ne pouvais donc pas, dans l'instant, tendre la main à Shashauan. Elle ne cherchait d'ailleurs pas à remonter dans le canot : ç'aurait été trop risqué. Elle nageait, ou plutôt tournoyait dans les flots en réussissant à émerger de temps à autre pour prendre une courte inspiration.

Son regard avait quelque chose d'incroyablement paisible. Lorsque le vent fait frémir une feuille, l'Innu ne tremble pas de peur. Rien n'est plus beau qu'un visage libre de toute crainte.

Les bords de la rivière s'ouvrirent à nouveau, le torrent gonfla ses poumons et se tranquillisa.

« Ne t'inquiète pas, Kakuna ! criai-je à travers le bruit de l'eau. Ta mère arrive par-derrière, je vais l'aider à remonter. Regarde devant et garde l'équilibre. »

Shashauan émergea de l'eau, les yeux en amande, la respiration singulièrement tranquille... comme si elle arrivait d'une haute montagne qui l'avait emplie d'une pureté parfaite. On aurait dit que la lumière s'était condensée pour former un nouveau corps. Elle attrapa la main que je lui tendais, et de l'autre main elle agrippa le bord du canot. Elle roula dans l'embarcation sans la faire bouger le moins du monde. Une hirondelle n'aurait pas fait mieux. Elle était plus légère qu'un coin de ciel bleu. Alors, j'ai su qu'elle était complètement libre. Nous étions de la même lumière l'un et l'autre, et aucune ombre ne se formait pour nous raidir sur le canot. Sur le bord, un chien hurla comme si la lune était à son zénith.

«Ta mère sera derrière toi pour toujours», dis-je à Kakuna pour qu'elle reprenne le rythme.

À ce moment-là, elle ne pouvait pas détecter la vérité de cette phrase. Et nous sommes retournés chacun dans nos mondes.

* * *

À midi, à l'heure où ni les vivants ni les morts n'ombragent leurs voisins, la rivière se transforma en lac.

Kakuna tendit une ligne appâtée d'un peu du lard de phoque qui restait. Elle fit un feu sur une grève qu'un orignal venait de quitter. Elle grilla un poisson qu'elle mangea seule. Elle était si concentrée, coincée dans la nécessité de son rêve, qu'elle ne remarqua rien. Nous sommes repartis avant que le soleil ne se penche à l'ouest.

Douze

Ce jour-là, perchée en haut d'un faux-tremble, Kakuna vit la mer.

De là-haut, tous les vents allaient à la mer. Tous les cheveux étaient aspirés par la mer. On aurait dit que les nuages appelaient tout le monde en gonflant leurs joues : « À la mer ! »

Par ses pieds, Kakuna sentait les racines de l'arbre grouiller comme des orteils. L'arbre aussi voulait finir ses jours à la mer, rouler dans ses vagues et agoniser dans ses bras.

Le Nitassinan trempait ses multiples pieds dans les mers. Des îles et des presqu'îles soulageaient leur fatigue dans l'eau.

À cette période de l'année, la grande majorité des Innus avaient déjà fumé leur poisson sur les pieds rocheux du Nitassinan. On voyait encore, ici et là, des boucles de fumée rêver dans l'air marin. Mais déjà, beaucoup d'Innus étaient partis ou se préparaient à partir vers leurs territoires de chasse. Les mariages avaient été célébrés, les célibataires hésitaient, retardaient le départ de leur famille, espéraient encore une rencontre.

Au-dessus des échancrures des berges, des goélands poursuivaient des mouches. Plus loin, des fous de Bassan plongeaient dans l'immense soupe de poisson. Ensuite, le regard cherchait des îles, mais ne trouvait plus rien. Au bout, l'horizon avait perdu toutes ses attaches ; il miroitait nonchalamment sur les franges du rideau bleuté du firmament.

«Descends maintenant, demanda Shashauan à sa fille pour la détacher de la mer. Nous serons sur la côte avant la fin de la journée.»

Un raton laveur n'aurait pas descendu plus habilement. En réalité, on le savait tous les deux, sa mère et moi : elle descendait de son ticipitakan.

Le voyage avait fait d'elle une femme. Elle était belle à faire reculer tous les hommes, ses épaules étaient larges comme un canot, sa taille était souple, ses cuisses ressemblaient à celles d'un chevreuil prêt à bondir. Ses joues : la peau retournée de deux tambours. Un nez qui inspire l'assurance. Des yeux comme des cavernes d'ours...

Elle était prête.

* * *

À l'approche de la mer, la Nétagamiou ressemble à un lac étiré et sinueux qui n'aboutit jamais. L'eau a tout son temps. De chaque côté, les rochers glissent dans la rivière en étincelant de couleurs. Des poissons se cachent dans les taches et se figent dès qu'un regard touche l'une de leurs écailles. Le milieu de la rivière s'est retiré en lui-même. Le fil de l'eau chante autour du canot. Les oiseaux égratignent les membranes du silence.

Kakuna ramait vigoureusement. Sa mère dormait dans un rond de lumière, appuyée sur les paquets de viande et de graisse. J'avironnais à l'arrière, et mes plumes de chouette sifflaient dans le vent.

À vrai dire, Shashauan et moi, nous avions décroché. Nous riions trop. Nous sifflotions dans l'air. Nous lancions des petits morceaux de graisse dans l'eau, juste pour faire rire les poissons. Nous nous chatouillions les orteils. Nous nous roulions comme des chiens dans le fond du canot. Nous allions marcher sur des pierres. Nous rembarquions. Nous nous lancions de l'eau. Nous tournoyions en haut des cèdres pour regarder la mer se vautrer dans le ciel. Nous étions légers, transparents, libres, visibles si nécessaire.

Kakuna ne remarquait rien, elle fonçait droit devant.

* * *

Loin devant nous, à plusieurs coudes de la rivière, tout près de l'embouchure, sur le bord sablonneux d'un méandre, un ours pêchait. L'hiver avait été particulièrement long pour lui : trop de solitude. Il avait mal dormi. Il était sorti maussade. Il dévisageait l'air en se demandant ce qu'il lui voulait. Mais c'était un excellent pêcheur.

On ne sait jamais trop ce qui se passe dans la tête d'un jeune ours quand l'hiver est trop long. Des mois dans le noir, telle la racine d'un arbre. Il est dans la terre, une colline sur la tête. Le crâne de la terre sous les fesses. Tout ce qui n'a pas encore trouvé le goût de la lumière tourne autour de lui. Dans l'ombre, tout est possible, mais rien ne s'est encore accompli. L'ours se retrouve entre les roches et les possibilités. Il est dans le monde des racines. Le bout des racines se perd dans l'informe, les rêves sont flous, les désirs sont vagues. Tout cela se précise en remontant dans les veines de l'arbre. Au bout des branches, ce sont des feuilles, des fruits, des semences, de l'avenir, car la lumière, en haut, travaille fort à sculpter les ombres.

Mais il avait fallu que l'ours pêcheur revienne sur lui-même.

Le premier été, il avait vécu son enfance. L'hiver, il l'avait mal digérée. L'été suivant, il avait fait ses premiers apprentissages. L'hiver, il les avait mal assimilés.

Il se levait bougon. Il se couchait grincheux.

Ensuite, il s'était terré dans sa caverne intérieure, et il avait ressassé de vieilles rancunes. Il s'était endormi dans tout ce noir gonflé de ressentiments. Et miracle! sortaient de là des images de bleuets, d'insectes, de miel et de saumon.

C'est à ce moment-là qu'à partir de sa caverne, il s'était insinué dans les racines et qu'il avait remonté vers la lumière en faisant le monde, lui, l'ours créateur, celui qui va d'échec en échec vers la réalisation de son rêve.

Les arbres poussent, comme les fougères et toutes les plantes du monde. Les oisillons sortent de leurs œufs, les animaux de leurs mères. Le printemps fleurit à même l'esprit de l'ours. Chaque printemps, nous naissons de l'ours en prenant le chemin des bouleaux et des épinettes.

La lumière se fracasse sur nos rêves, et les fruits scintillent dans les champs. Le monde est un rêve qui sort de l'ours.

* * *

Là, c'était l'été. Le printemps avait tout réinventé. L'ours, lui, avait rêvé d'une femelle. Et cette femelle n'était pas encore sortie de terre. Elle devait bien être quelque part.

C'est fou, ces rêves qui s'accrochent aux choses comme des toiles d'araignée, et ces toiles d'araignée qui capturent les rêves !

La rivière, les rochers, les arbres, les fruits, les poissons, ils étaient là devant lui, sous ses pieds, dans ses mains, parce qu'il les avait désirés et rêvés. C'étaient des rancunes qui avaient finalement bien tourné. Une ombre qui sortait de l'ombre en prenant la forme que la lumière lui donnait.

Un ours qui a bien tourné sort de sa caverne et trouve tout ce qu'il désire. Plus que cela encore, il découvre que tout ce qui est là est là parce qu'il le désire. Ça, c'est un ours digne de son espèce.

Il était sur un rocher, ses pieds écoutaient le roc. Il percevait des cognements lointains. Il avait ouvert ses poissons, les avait vidés et les laissait sécher sur des branches. Un drôle d'ours !

* * *

Il avait rêvé d'une femelle. Tous les mariages du printemps avaient eu lieu, mais lui n'avait pas trouvé. Pourtant, il avait bien rêvé à une jeune fille. Il en était certain. Il commençait même à réaliser qu'il l'avait vue à la proue d'un canot rempli de viande de caribou.

Il reconnaissait les rochers, les arbres, et surtout le bouleau, à droite, formé de trois troncs éclatants.

Mais c'était impossible. Une jeune fille ne pouvait pas surgir comme ça de la rivière comme si elle descendait du ciel, les cheveux encore pleins de Nord et de pattes de chiens.

Néanmoins, il s'était levé et avait lancé sa ligne dans une fosse, prêt à décocher son hameçon juste devant la bouche d'un gros poisson qui ondoierait dans l'ombre. Il était beau dans la sueur huilée qui glissait sur son tronc et ses cuisses. Une écorce encerclait son front, une dent d'ours pendait sur sa poitrine.

Il pêcherait jusqu'à la neige s'il le fallait. Son rêve ne pouvait pas l'avoir trompé. Tshakapesh ne pouvait pas cogner ainsi dans son crâne pour rien.

Treize

Il s'appelait Mashk Katshish (Ours brun), fils de Pishou, le meilleur ami de chasse de Tshiashk. Mashk avait vécu trois hivers dans une caverne avec sa mère et sa sœur à la suite d'un malheur...

L'été en était à sa dernière lune. Sa famille s'était résignée à repartir pour son territoire de chasse du côté de la Mécatina. Lui n'avait pas trouvé de femme, et c'était la quatrième année qu'il pêchait tout l'été sur la Nétagamiou.

C'est qu'il avait rêvé.

Il l'avait vue sortir de la forêt: ses cheveux transportaient l'odeur de la neige et du lichen, ses yeux brillaient comme des huîtres dans la mer, ses lèvres ruisselaient d'une lumière rouge sang, l'eau perlait sur sa poitrine. Elle était comme un pays sans arbres, l'horizon sur les épaules, incapable de faire obstacle à la ligne du ciel.

La disparition du clan des oiseaux, sa remontée de la Nétagamiou dans l'espoir d'aller capturer l'esprit du caribou, il l'avait entendu raconter par sa mère, une histoire traditionnelle avec cent autres. On lui avait aussi révélé l'histoire d'un Inuit chasseur de vent. Mais c'était une autre histoire, plus vague encore, plus incroyable surtout. Sa grand-mère avait déjà prononcé le nom de Shashauan Pelshish, mais elle ne savait rien d'autre, sinon qu'elle reviendrait sous la forme d'une sterne parfaitement blanche. On parlait aussi d'un canot chargé de graisse de caribou qui dévalerait seul la Nétagamiou, mais personne n'y croyait vraiment. Et il y avait tellement d'histoires…

Dans l'esprit de Mashk, les récits traditionnels n'avaient aucun lien entre eux. Ils étaient comme des connaissances. Qu'est-ce qu'une connaissance ? Si l'on sait faire un canot, cela reste dans notre esprit comme un saumon caché dans une fosse. Un jour, on a besoin d'un canot et il y a des bouleaux à proximité. Alors le saumon émerge. Et la connaissance opère. Les récits étaient pour lui cette sorte de connaissance. Parfois, une situation faisait sortir de sa fosse un récit qui autrement restait dans l'ombre.

Le rêve, c'était autre chose. Il le hantait. Mashk voulait être capturé par lui.

Toujours est-il que, ce jour-là, alors que le soleil ne faisait qu'une ombre très courte du côté de son épaule droite, au moment où il allait lancer sa ligne il vit le nez d'un canot sortir d'un méandre, puis la jeune fille apparaître.

Il reçut comme un coup de poing dans la poitrine et, par un réflexe qu'il aurait voulu étouffer, il éclata de rire. Il s'adressa à la jeune Innue comme s'il la connaissait depuis sa tendre enfance :

« Mais qu'est-ce que tu fais à conduire ton canot par le nez ? »

Personne en effet ne peut conduire un canot assis complètement en avant alors qu'il est seul dans son embarcation. Et encore moins si son bagage est important et bien attaché au centre.

Dans sa surprise, elle ne comprit ni la question ni le rire. Mais, dans une impulsion qu'elle aurait voulu retenir, elle regarda derrière et ne vit plus personne, comme si ses yeux avaient perdu la moitié de leur acuité : la transparence des morts, elle ne la voyait plus.

Elle entendit alors un coup de tonnerre en plein cœur de sa poitrine ; le canot chavira.

Mashk plongea. Il avait tant de fois récapitulé son rêve dans sa tête qu'il savait parfaitement ce qu'il devait faire. Il fit échouer le canot sur un banc de sable, tendit la main, et Kakuna lui attrapa le poignet à l'endroit précis où son bracelet formait un ourlet de poils d'ours.

Cette nuit-là, les deux pointes de l'horizon remontèrent sur les joues du ciel pour former un sourire, et dans le brûlant du crépuscule on vit une sterne suivre un hibou dans le battement d'un tambour.

FIN

Tu parleras à l'Hirondelle, dès ton jeune âge !
Elle te sera annonciatrice, rebelle dès le printemps !
Tu as vu le Hibou,
Ses yeux ronds et ses ailes déployées,
À ta naissance.
Lui aussi était là, perché, depuis le tout début des Temps !
L'on te dira femme,
Cependant tu auras les épaules d'un chasseur mâle,
Et Papakissik
Sera fier de toi.
Terriblement...

Natasha Kanapé Fontaine,
Les chants de la Terre ancienne (extrait)